JN029881

金の鍵

金《きん》の鍵《かぎ》

ジョージ・マクドナルド 作
モーリス・センダック 絵
W. H. オーデン 解説
脇 明子 訳

岩波書店

THE GOLDEN KEY

Text by George MacDonald
Pictures by Maurice Sendak

Pictures Copyright © 1967 by Maurice Sendak
Afterword Copyright © 1967 by W. H. Auden

First published 1967
by Farrar, Straus and Giroux, LLC
d/b/a Macmillan Children's Publishing Group, New York.

This Japanese edition published 2020
by Iwanami Shoten, Publishers, Tokyo.

To Mary and the memory of Randall

M. S.

あるところに、一人の男の子がおりました。夕暮《ゆうぐ》れどきになると、その子はいつもじっとうずくまって、大伯母《おおおば》さんが聞かせてくれるお話に耳を傾《かたむ》けました。大伯母《おおおば》さんは、もし虹《にじ》のはしっこにたどりつくことができたら、金の鍵《かぎ》が見つかるんだよ、と話してくれました。

「それを見つけたら、どうなるの?」と、男の子はたずねました。「何の鍵《かぎ》なの? 何が開けられるの?」

「それはだれにもわからないのさ」というのが、大伯母《おおおば》さんのいつもの返事でした。「見つけた人が、自分で見つけるんだね。」

「金でできてるんだったらさ」――あるとき男の子は、考えをめぐらしめぐらし、そう言ってみました。「売ったら、たくさんお金がもらえるかもしれないね。」

「売るんだったら、見つけないほうがましさ」というのが、大伯母《おおおば》さんの返事でした。

そのあと男の子はベッドにはいり、金の鍵《かぎ》の夢《ゆめ》を見ました。

さて、大伯母《おおおば》さんが男の子に聞かせてくれた金の鍵《かぎ》の話は、この二人が住んでいた小さな家が、たまたま妖精《ようせい》の国との国境《くにざかい》にあったのでなければ、ただのおとぎ話にすぎなかったでしょう。なぜなら、だれでもよく知っているとおり、妖精の国以外《いがい》では、虹《にじ》のはしっこにたどりつくというのは、とうてい無理《むり》な相談だからです。金の鍵がだれかに見つかったら大変《たいへん》だというので、虹はいつもおそろしく気をつけていて、ここと思えばまたあちらという具合《ぐあい》に、居場所《いばしょ》を変《か》えてばかりいるのです！　しかし、妖精の国では事情《じじょう》がまるでちがっています。こっちの世界ではありありと見えるのに、妖精の国へ行くとすっかり薄《うす》れてしまうものがあるかと思うと、こっちでは一瞬《いっしゅん》だってじっとしていてくれないのに、そっちでは動くのをやめるものもあるのです。ですから、この年取った大伯母さんが男の子に金の鍵について言ったことは、ちゃんと道理にかなった話だったのでした。

「だれかそれを見つけた人、知ってる？」男の子はある晩《ばん》、そうたずねてみました。

「ああ。おまえのお父《と》っつぁんは見つけたんだと思うよ。」

「父さんはそれをどうしたか、知ってる？」

「教えてくれなかったよ。」

「どんな鍵《かぎ》だった？」

「見せてくれなかったよ。」

「だれかが鍵《かぎ》を持ってったら、新しい鍵はどこから来るの？」

「さあ、知らないね。とにかくそこにあるのさ。」

「ひょっとすると、それ、虹《にじ》の卵《たまご》かもしれないね。」

「ひょっとするとね。それがはいっている巣《す》を見つけたら、幸せになれるだろうね。」

「ひょっとすると、虹《にじ》を伝《つた》って空からすべり落ちてくるのかもしれないね。」

「ひょっとするとね。」


ある夏の夕方、男の子は、自分の部屋《へや》の格子窓《こうしまど》のそばに立って、妖精《ようせい》の国のまわりを囲《かこ》んでいる森を見つめていました。その森は、大伯母《おおおば》さんの庭のすぐそばまで迫《せま》っており、庭の中へまぎれこんでいる木さえ何本かありました。森は家の東側《ひがしがわ》にあり、ちょうど家をはさんで反対側へと沈《しず》みかけていたお日さまが、そのまっ赤な目で暗い森の奥《おく》をまっすぐにのぞきこんでいました。森の木はみんな古くて、下のほうにはたいして枝《えだ》がなかったので、お日さまの目は森のずっと奥までとどきました。男の子も、とてもいい目をしていたので、お日さまとおなじくらい遠くまで見ることができました。お日さまの赤い光を浴《あ》びた木の幹《みき》は、まっ赤な円柱のように立ちならび、それが長い長い回廊《かいろう》のように、奥深《おくふか》く、どこまでも続《つづ》いています。見ているうちに男の子は、自分が早く行かないとお話が先へ進まないので、木がみんな待ちきれないで、じりじりしているように思えてきました。でも、ちょうどおなかがすいていて、晩《ばん》ごはんが食べたかったので、決心がつかず、そのままぐずぐずしていました。

そのときです。森の奥《おく》の、お日さまの光がやっと届《とど》くあたりに、すばらしくきれいなものが見えました。それは、キラキラと輝《かがや》く、大きな虹《にじ》のはしっこでした。虹の七つの色が全部ちゃんとそろっていて、おまけに、紫《むらさき》の内側《うちがわ》にもまだいろんな色が続《つづ》いています。赤の外側にも、それよりもっと華《はな》やかで、もっと不思《ふし》議《ぎ》な色が見えています。それは、男の子が生まれてはじめて見る色でした。見えているのは、虹《にじ》の橋のたもとのところだけで、森の上の空を見ても、そこには何もありませんでした。

「金の鍵《かぎ》だ！」男の子はそう叫《さけ》ぶと、大急ぎで家を飛《と》び出し、森の中へ駆《か》けこみました。まだたいして行かないうちに、お日さまが沈《しず》みました。でも、虹《にじ》は消えないで、ますます明るく輝《かがや》きました。妖精《ようせい》の国の虹は、私たちのところの虹とちがって、お日さまの光がなくても平気だったからです。森の木々は、男の子を歓迎《かんげい》してくれました。茂《しげ》みは通り道を空《あ》けてくれました。近づくにつれて、虹はどんどん大きくなり、明るくなって、とうとう虹とのあいだには、あと二本の木があるだけになりました。

それはまったく壮大《そうだい》ながめでした。すぐ目の前で、虹《にじ》が静かに燃《も》え続《つづ》けていて、華《はな》やかで美しくて繊細《せんさい》な色の一つ一つが、くっきりと際立《きわだ》ちながらも、やわらかく溶《と》けあっているのです。ここまで来ると、さっきは見えなかったところも、ずっとよく見えるようになりました。虹はほとんど湾曲《わんきょく》することなしに、まっすぐに青い空めざしてそびえており、この割合《わりあい》でいくと、アーチのてっぺんはどれほど高いところにあるのか、想像《そうぞう》もつかないほどでした。男の子に見えていたのは、とほうもなく大きな虹《にじ》の橋の、ほんのちっぽけな切れはしにすぎなかったのです。

男の子は我《われ》を忘《わす》れ、探《さが》しに来たはずの鍵《かぎ》のことも忘れて、うっとりとそれを見つめていました。見ているうちに、虹《にじ》はますますすばらしくなってきました。虹の色の一つ一つは、まるで大聖堂《だいせいどう》の円柱のような太さをしていましたが、その中はらせん階段《かいだん》になっているのか、美しい姿《すがた》をした者たちがゆっくりと昇《のぼ》っていく光景《こうけい》が、かすかに見えるような気がしてきたのです。といっても、行列を作って昇っていくのではなく、一人行くかと思うと、今度はたくさん、その次は四、五人、それからしばらくはだれも来ない、といった具合《ぐあい》で、男の人もいれば、女の人や子どもたちもおり、そのだれもが美しく、しかも一人一人みんなちがっているのでした。

男の子は虹《にじ》に近づこうとしました。すると、虹は消えてしまいました。びっくりして、思わずあとずさりすると、虹はもとどおりの美しい姿《すがた》を現《あらわ》しました。そこで男の子は、な

るべく近い場所に立つだけで満足《まんぞく》することにして、色とりどりの輝《かがや》かしい円柱の中をどこども知れぬ高みめざして昇《のぼ》っていく者たちをながめ続《つづ》けました。円柱は高く高くどこまでも続き、先へ行くほどかすかになって、どこで消えたともわからないうちに、いつしか青い空にまぎれてしまっていました。

そうするうちに、男の子はふっと金の鍵《かぎ》のことを思い出し、とても賢《かしこ》く頭を働《はたら》かせて、虹《にじ》のたもとのある場所を頭に刻《きざ》みつけておくことにしました。そうしておけば、虹が消えてしまっても、どこを探《さが》せばいいか、ちゃんとわかるわけです。見ると、虹のたもとは、地面をびっしりと覆《おお》っている苔《こけ》の上に、ほぼおさまっていることがわかりました。

やがて、森の中はまっ暗になってしまいました。それでも虹《にじ》だけは、自分で光を放っているので、ちゃんと見え続《つづ》けていました。しかし、しばらくしてお月さまが出ると、とたんに虹はふっと消えてしまいました。今度は場所を変《か》えてみても、もう何も見えませんでした。そこで男の子は、苔《こけ》むした地面に横になって、朝が来るのを待ってから鍵《かぎ》を探《さが》すことにしました。そして、まもなくぐっすりと眠《ねむ》りこんでしまいました。

朝になって目をさますと、お日さまが真正面からのぞきこんでいました。あんまりまぶしいので目をそらしたちょうどそのとき、顔から一フィート*と離《はな》れていない苔《こけ》の上で、何か小さいものがキラキラ光っているのが見えました。それは金の鍵《かぎ》でした。鍵は金も金、この上なくまぶしく光る純金《じゅんきん》でできていました。頭の部分は風変《ふうが》わりな形に細工《さいく》してあり、サファイアがちりばめてありました。男の子は有頂天《うちょうてん》になって手を伸《の》ばし、鍵を拾い上げました。

それからしばらくのあいだ、男の子はそこに寝《ね》そべったまま、鍵《かぎ》をあっちへむけたり、こっちへむけたりして、うっとりとその美しさに見とれていました。しかしじきに、鍵がどんなにきれいでも、それだけでは役に立たないのだと気がついて、ぱっとはね起きました。この鍵で開く錠前《じょうまえ》はどこにあるのでしょう？　開けられる錠前もないのに鍵だけ作るなんて、そんな馬鹿《ばか》な話はありませんから、どこかに錠前があるはずです。どこへ行けばそれ

＊訳注　一フィートは、約三十センチメートル。

が見つかるでしょう？　男の子はまわりを見まわし、空を見上げ、地面を見下ろしましたが、雲の中にも、草の中にも、木々の中にも、鍵穴《かぎあな》らしいものは見あたりませんでした。
男の子ががっかりして元気をなくしはじめたちょうどそのとき、森の奥《おく》で何かがちらっと光りました。それはほんのかすかな光にすぎませんでしたが、きっと虹《にじ》の切れはしにちがいないと思った男の子は、そっちへ行ってみました。すると——でも、その話はまたあとにして、もう一度森のはずれまでもどってみましょう。

男の子が住んでいた家からそう遠くないところに、もう一軒《けん》の家がありました。それはある商人の持ち家でしたが、その人はめったに家にはいませんでした。その人の奥《おく》さんは数年前にこの世を去り、あとに残《のこ》された小さな女の子の世話は、二人の召使《めしつか》いに任《まか》されていました。しかしその二人は、そろいもそろって怠《なま》け者《もの》で、いいかげんな人たちでした。おかげで女の子は、いつも汚《きたな》いまま放っておかれ、それどころか、ひどくいじめられることさえありました。

さて、妖精《ようせい》の国にはずいぶんいろんな種類《しゅるい》の妖精たちが住んでいますが、そのうちでも、ごくふつうに妖精と呼《よ》ばれている小さい人たちが、汚《きたな》いものをひどく嫌《きら》っているというのは、有名な話です。実際《じっさい》、妖精たちは、だらしなくしている人間たちを、おそろしく馬鹿《ばか》にしていました。木や花の仲間《なかま》は、どれもみんな美しく身なりを整えていますし、鳥たちや森の獣《けもの》たちにしたって、いつも身ぎれいにしている者ばかりです。妖精たちはそれがあたりまえだと思っていましたから、せっかく深い森の中で草のじゅうたんの上にいても、おなじお月さまの光が、だらしなく住《す》み荒《あ》らした汚い家にもふりそそいでいるのだと思っただけで、悲しくなってくるのでした。そして、そんな家に住んでいる人間たちに腹《はら》を立て、できることならこの世から追い出してしまいたいとさえ思いました。妖精たちは、世界じゅうをこざっぱりときれいな場所にしたかったのです。そこで妖精たちは、召使《めしつか》いたちをつねって青あざだらけにしたり、ありとあらゆるいたずらをしかけたりしました。

しかし、なかでもこの家はまったくの恥《はじ》さらしで、森の妖精《ようせい》たちとしても、もう我慢《がまん》がなりませんでした。召使《めしつか》いたちに何をしても全然効果《ぜんぜんこうか》がなかったので、とうとう妖精たちは、全部まとめてきれいさっぱり片《かた》づけてしまおうと決心し、まずは子どもから取りかかることにしました。ほんとなら、子どもには罪《つみ》がないことくらい、心得《こころえ》ておくべきだったのですが、妖精《ようせい》たちの頭にあるのはいたずらばかりで、物事の道理などろくに気にしてはいませんでしたし、子どもを片《かた》づけてしまえば召使《めしつか》いたちは追い出されるだろうと、当てにしてもいたのです。

さて、ある夕方のこと、召使《めしつか》いたちは、まだお日さまが沈《しず》まないうちに、かわいそうな女の子を寝《ね》かせてしまい、家に鍵《かぎ》をかけて村へ出かけました。女の子は、自分が一人ぼっちでいるとは知らず、ベッドの中から窓《まど》の外の森をながめて楽しんでいました。もっとも、女の子の部屋《へや》の窓には、ツタやそのほかいろんな植物がからみついていましたから、森はほんの少し見えるだけでした。突然《とつぜん》女の子は、鏡《かがみ》の中で猿《さる》が一匹《ぴき》しかめっつらをしているのに気がつきました。古い衣装《いしょう》だんすの上には、顔がいくつか彫刻《ちょうこく》してありましたが、それが気味悪く歯をむきだして、にやにやしています。蜘蛛《くも》のように脚《あし》の長い古椅子《ふるいす》が二つ、部屋のまんなかに進み出てきて、古めかしいおかしな踊《おど》りをはじめました。女の子はそれを見て笑《わら》いだし、猿《さる》のことやにやにやしている顔のことは忘《わす》れてしまいました。妖精《ようせい》たちはやりそこなったことに気がつき、椅子《いす》をもとの場所にもどしました。しかし妖精たちは、女の子がその日一日、三匹の熊《くま》の家にはいりこんでしまった銀髪《ぎんぱつ》ちゃんのお話を読んでいたことを知っていました。次の瞬間《しゅんかん》、階段《かいだん》のほうから、大きな声と中くらいの声とちっちゃな声とが聞こえてきました。それといっしょに、まるで長靴《ながぐつ》の上に靴下《くつした》をはいているみたいな、重くてやわらかい足音が、少しずつドアのほうへと近づいてきました。とうとう我慢《がまん》ができなくなった女の子は、銀髪ちゃんがしたのとおなじことをしましたが、それこそが妖精たちのねらいでした。つまり女の子は、窓に駆《か》け寄《よ》ってそれを開き、ツタにつかまって下まではいおりたのです。それから女の子は、走れるかぎり走って、森へと逃《に》げこみました。

さて、女の子自身は気がついていませんでしたが、これは本当にうまいやり方でした。なぜなら、よそではとんでもないいたずらをする者たちも、自分の居場所《いばしょ》に帰ると、そうひどいことはしないものだからです。それに、このいたずら者たちは、妖精《ようせい》の国ではほんの小僧《こぞう》っ子《こ》にすぎず、そこにはもっとちがった者たちもたくさんいました。そして、だれかがそこへ迷《まよ》いこんだときには、たちの悪い連中《れんちゅう》が悪さをしたりしないように、よい妖精《ようせい》たちが助けの手をさしのべてくれるのが常《つね》でした。

お日さまが沈《しず》み、闇《やみ》が忍《しの》び寄《よ》ってきていましたが、女の子は、追いかけてくる熊《くま》のことしか考えていませんでした。ただし、女の子はふりかえってみなかったので気がついていませんでしたが、追ってくるのは熊ではなくて、全然《ぜんぜん》ちがうものでした。それはとても変《か》わった生きもので、魚みたいなかっこうをしていましたが、鱗《うろこ》のかわりに色とりどりの羽《う》毛《もう》におおわれていて、それがまるで華《はな》やかな蜂鳥《はちどり》のようにキラキラと光っていました。その生きものは、翼《つばさ》のかわりにひれを広げて、まるで水の中の魚のように空中を泳いできました。その頭のかっこうは、小さなフクロウそっくりでした。

女の子がせっせと走り続《つづ》け、ちょうど枝《えだ》を低《ひく》く垂《た》らした一本の木の下を通り過《す》ぎようとしたとき、夕暮《ゆうぐ》れの最後《さいご》の光が消えました。すると木は、枝という枝を地面にはわせて女の子を囲《かこ》み、まんまとその罠《わな》の中にとじこめてしまいました。女の子は抜《ぬ》け出そうともが

きましたが、からんだ枝《えだ》にしめつけられて、幹《みき》にぎゅっと押《お》しつけられるばかりでした。女の子が恐怖《きょうふ》におののき、途方《とほう》にくれていると、空飛《そらと》ぶ魚がやってきて、からんだ枝をくちばしでひきちぎりはじめました。枝はすぐにしめつけるのをやめ、魚がなおもせっせとつつくと、やっとのことで女の子を放しました。すると空飛ぶ魚は、今度は女の子の前にまわり、世にも美しい色とりどりの光を放ってキラキラと輝《かがや》きながら、先に立って泳ぎはじめました。女の子はそのあとについていきました。

魚は女の子を導《みちび》きながらゆっくりと進み、やがて一軒《けん》の小さな家の戸口の中に、すいっと泳ぎこみました。女の子もあとに続《つづ》きました。家のまんなかでは火が明るく燃《も》えていて、その上にはお鍋《なべ》がかかっていました。お鍋には蓋《ふた》がしてなかったので、中でお湯がぐらぐらと煮《に》えたっているのが見えました。空飛《そらと》ぶ魚はまっすぐにそのお鍋に泳ぎつくと、煮えたつお湯の中に飛びこんで、静かになりました。そのとき、火の反対側《はんたいがわ》にいた美しい女の人が立ち上がり、女の子のほうへとやってきました。そして、女の子を腕《うで》に抱《だ》き上げて、言いました。

「ああ、やっと来てくれたのね！　ずいぶん長いこと、あなたを探《さが》してたのよ。」

女の人は女の子を抱《だ》いたまま腰《こし》をおろし、女の子はその膝《ひざ》の上から、女の人をじっと見上げました。そんなにすばらしい美しさを見るのは、生まれてはじめてだったのです。その人は背《せ》が高くて力強く、腕《うで》と首は白くて、顔にはほのかな赤みがさしていました。髪《かみ》は何色だと言えばいいのかよくわかりませんでしたが、なんだか濃《こ》い緑色が混《ま》じっているように思えてなりませんでした。装飾品《そうしょくひん》は何ひとつ身につけていませんでしたが、それでいて、たったいまたくさんのダイヤモンドとエメラルドをはずしたばかりのように見えました。そんな様子《ようす》なのに、世にも質素《しっそ》で貧《まず》しそうなこの家で、これこそわが家だと言わんばかりにくつろいでいるのです。着ている服は、つやつやと光る緑色でした。

女の子は女の人を見つめ、女の人は女の子を見つめました。

「あなた、名前はなんていうの?」と、女の人がたずねました。

「召使《めしつか》いたちは、いつもあたしのこと、タングル《もつれ》って呼《よ》ぶわ。」

「ああ、それはあなたの髪《かみ》が、こんなにもつれているからよね。でも、それもみんなその人たちのせいなのにね。まったくしようのない人たちだこと！　でも、タングルってかわいい名前ね。私もそう呼《よ》ぶことにするわ。これからあなたにいろんなことを聞くけど、気を悪くしないでね。そのかわりあなたのほうでも、好《す》きなだけ聞いていいわ。聞かれたのとおんなじだけか、もっとたくさんでもいいのよ。じゃあ、まず、お年はいくつ？」

「十」と、タングルは答えました。

「そうは見えないわね」と、女の人が言いました。

「じゃあ、あなたはいくつ？」と、タングルが言いました。

「千の何倍かよ」と、女の人が答えました。

「そうは見えないわね」と、タングルが言いました。

「そうかしら？　自分では年相応《としそうおう》に見えてると思うけど。私がとっても美しいの、わかるでしょ？」

女の人はそう言いながら、大きな青い目で小さなタングルを見下ろしましたが、その目の輝《かがや》きは、空じゅうの星という星を全部溶《と》かしこんだかのようでした。

「ええ、そりゃ！」と、タングルは言いました。「だけど、人は長いこと生きてると、年《とし》寄《よ》りになるもんだわ。とにかく、これまではそう思ってたわ。」

「年寄《としよ》りになんか、なってるひまがなかったの」と、女の人は言いました。「そんなことしてられないくらい、忙《いそが》しかったのよ。年寄りになんかなるのは、怠《なま》けてるからだわ。——それはそうと、私のかわいいちっちゃな娘《むすめ》を、こんなに汚《きたな》いままにしておくわけにはいかないわね。お顔にキスしてあげたくても、できる場所が見つからないくらいよ！」

「だって……」タングルはすっかり恥《は》ずかしくなりましたが、それでもなんとか申し開きをしようと、がんばって言葉を続《つづ》けました。「だって、木があんなに泣《な》かすんですもの。」

「まあ、かわいそうに！」女の人はそう言うと、今度はお月さまを溶《と》かしたような目をして、汚《きたな》いのにもかまわずに、女の子の小さな顔にキスをしてくれました。「女の子を泣《な》かした意《い》地《じ》悪《わる》な木には、ちゃんと罰《ばつ》を受けてもらわなくちゃね。」

「あなたのお名前はなあに？」と、タングルはたずねました。

「おばあさまよ」と、女の人は答えました。

「ほんとに？」

「ええ、ほんとですとも。私は絶対《ぜったい》に嘘《うそ》は言わないわ。たとえ楽しみのためにでもね。」

「すごく偉《えら》いのね！」

「言おうと思ったって、言えないのよ。私が言ったが最後《さいご》、それがほんとになって、さんざんな目にあうの。」

そう言いながら、女の人は、夏の夕立をきらめかせるお日さまのように、にっこりしました。

「それはそれとして」と、女の人は言葉を続《つづ》けました。「あなたをきれいに洗《あら》って、着替《きが》えをさせてあげないとね。それから晩《ばん》ごはんにしましょう。」

「わあ！　ごはん食べたの、もうずいぶん前よ」と、タングルは言いました。

「そうでしょうとも」と、女の人が答えました。「三年前になるわね。あなたは知らないでしょうけど、熊《くま》から逃《に》げ出してから、もう三年たってるわ。あなたはもう十三をすぎてるのよ。」

タングルは目を丸くしただけで、何も言いませんでした。それが本当だということが、自分でもよくわかったのです。

「これから私が、あなたに何をしても、怖《こわ》がらないでいられるわね?」と、女の人が言いました。

「いっしょうけんめい、怖《こわ》がらないようにするわ。絶対《ぜったい》に怖がらないとは言えないけど」と、タングルは答えました。

「いいお返事ね。そう言ってもらえてうれしいわ」と、女の人は言いました。

女の人は、着ていたねまきをぬがせてからタングルを抱《だ》き上げ、そのまま立ち上がって壁《かべ》ぎわへ行くと、そこにあったドアを開きました。見るとそこには深い水槽《すいそう》があって、そのまわりには、色とりどりの花を咲《さ》かせた緑の草がびっしりとおいしげっていました。水槽の上には、家の屋根と同じような屋根がかかっていました。水槽の水はきれいに澄《す》んでいて、その中には、タングルをここまで連《つ》れてきてくれたのとよく似《に》た魚がいっぱいいました。あたりの様子《ようす》がちゃんと見えたのは、この魚たちが色とりどりの光を放っていたからでした。

女の人は、タングルにはわからない言葉で何か言ってから、タングルを水槽《すいそう》の中に投げこみました。

するとたちまち、魚たちが群《むら》がってきました。そのうちの二、三匹《びき》が頭の下にもぐって、顔が水に沈《しず》まないように支《ささ》えてくれました。ほかの魚たちはタングルの身体《からだ》じゅうに群がって、濡《ぬ》れた羽毛《うもう》でこすって、すっかりきれいにしてくれました。その様子《ようす》を見まもっていた女の人がまた何か言うと、三、四十匹の魚たちがタングルの身体の下にはいって水から押《お》し上げ、女の人がさしのべた腕《うで》の中へと運びました。女の人はタングルを火のそばへ抱《だ》いていき、身体をよくふいてから、たんすを開けて、香草《こうそう》とラヴェンダーの香《かお》りのする上質《じょうしつ》の麻《あさ》の下着を取り出しました。そして、それを着せた上に、自分が着ているのとそっくりな、つやつや光るやわらかい緑色の着物を着せてくれました。その着物は、腰《こし》のところを茶色の紐《ひも》で結《むす》ぶようになっていて、そこから下は、ちょうど素足《すあし》のところまで届《とど》くきれいなひだになっていました。

「靴《くつ》はくださらないの、おばあさま?」と、タングルは言いました。

「靴《くつ》はなしよ。ほらね、私もはいてないわ。」

女の人はそう言いながら服のすそをちょっと持ち上げ、とてもきれいな白い足を見せましたが、なるほど靴《くつ》ははいていませんでした。そこでタングルも、靴なしで満足《まんぞく》することにしました。女の人はまた腰《こし》をおろして、今度はタングルの髪《かみ》をすき、ブラシをかけて、あとは自然《しぜん》に乾《かわ》くのにまかせ、晩《ばん》ごはんの支度《したく》にかかりました。

まず最初《さいしょ》に女の人は、壁《かべ》にあった一つの穴《あな》から、パンを取り出しました。次の穴からはミルクを出しました。三つ目からは、何種類《なんしゅるい》かの果物《くだもの》を出しました。それから女の人は、火にかけたお鍋《なべ》のところへ行って魚を取り出しましたが、魚はちょうど具合《ぐあい》よく煮《に》えており、羽毛《うもう》のついた皮をはいだだけで、あとは食べるばかりとなりました。

「だって」と、タングルは叫《さけ》びました。そして、それ以上《いじょう》何も言えずに、じっと魚を見つめました。

「あなたが言いたいことはわかるわ」と、女の人が言いました。「あなたをお家《うち》へ連《つ》れて帰ってくれたお使いを食べたくないのね。だけど、これがいちばんいいお返しなのよ。このお魚は、私がお鍋《なべ》を火にかけるのを見届《みとど》けるまで、出ていこうとしなかったわ。お鍋をかけて、あなたを連れて帰ってきたらすぐにゆでてあげると約束《やくそく》したら、ぱっと飛《と》び出していったの。家に帰ったとたんに、自分からお鍋に飛びこんだの、見なかった？」

「見たわ」と、タングルは答えました。「それで、すごく不思議《ふしぎ》に思ったの。でも、そのあとすぐおばあさまに会ったから、お魚のことはきれいに忘《わす》れてしまってたの。」

「妖精《ようせい》の国ではね」と、女の人は、テーブルの前にすわりながら、話を続《つづ》けました。「動物たちの何よりの夢《ゆめ》は、人間に食べられることなの。動物の身にとっては、それが最高《さいこう》の終わり方だからよ。でも、それでおしまいというわけではないの。いまにお鍋《なべ》の中から、死んだお魚よりずっといいものが出てくるのが見られるわ。」

タングルは、お鍋《なべ》に蓋《ふた》がしてあるのに気がつきました。しかし女の人は、二人が魚料理《さかなりょうり》を食べ終わるまで、もうお鍋のほうに目をやろうとはしませんでした。その魚のおいしいことといったら、タングルがこれまでに食べたどんな魚も、とうてい比《くら》べものになりませ

んでした。身の白いことはまるで雪のようで、クリームみたいにふんわりした舌ざわりです。おまけに、最初《さいしょ》の一口を食べたとたんに、タングルの身体《からだ》の中では、言葉では言い表せない不思議《ふしぎ》な変化がはじまりました。さっきからまわりじゅうで聞こえていたささやきのような音が、どんどん聞き取りやすくなってきて、せっせと食べているうちに、とうとう意味までがわかるようになってきたのです。自分の前に並《なら》んだものを食べ終わったころには、森じゅうの動物たちの立てる音が、開いた戸口からタングルの耳へと、いっせいに飛《と》びこんでくるようになっていました。外はもうまっ暗でしたが、ドアは大きく開いたままだったのです。しかもその音は、もはや単《たん》なる音ではなくて、動物たちの言葉にほかならず、タングルにはそれがちゃんと理解《りかい》できたのでした。家の中にいる虫たちが、お互《たが》いに何の話をしているのかもわかりました。それどころか、家のまわりの木々や花々が、みんなで真夜中のおしゃべりを楽しんでいるのさえわかるような気がしましたが、何を言っているのかを聞き取るのは、さすがに無理《むり》でした。

魚がすっかりなくなると、女の人は火のそばへ行って、お鍋《なべ》の蓋《ふた》を開けました。するとその中から、人間のような姿《すがた》をして大きな白い羽をつけた、小さくて美しい生きものが飛《と》び出《だ》してきて、天井《てんじょう》の下をぐるぐると飛びまわりました。やがてそれは、羽をパタパタさせながら女の人の膝《ひざ》の上に下りてきて、そこで休みました。女の人は何やら不思議《ふしぎ》な言葉でそれに話しかけ、ドアのところまで運んでいって、闇《やみ》の中へと飛び立たせました。タングルが耳をすましていると、羽音《はおと》はしだいに遠ざかって、やがてどこかへ消えてしまいました。

「これでもお魚に悪いことをしたと思う?」女の人はもどってくると、そう言いました。

「いいえ」と、タングルは答えました。「思わないわ。毎日一匹《ぴき》ずつ食べたっていいくらい。」

「それぞれにその時ってものがあるから、みんな、それを待たなくちゃいけないのよ。あなたや私とおんなじにね、タングルちゃん。」

女の人はそう言いながらにっこりしましたが、その笑顔《えがお》には悲しみがひそんでおり、そのせいでますますきれいに見えました。

「でも」と、女の人は言葉を続《つづ》けました。「明日《あした》の晩《ばん》ごはんにも、一匹《ぴき》食べることになりそうね。」

女の人はそう言いながらドアをくぐって、水槽《すいそう》のところへ行きました。今度はタングルにも、女の人が魚たちに話していることが、ちゃんとわかりました。

「だれか一匹《ぴき》、来てほしいの」と、女の人は言いました。「いちばん賢《かしこ》いひとがいいわ。」

すると魚たちは水槽《すいそう》のまんなかに集まり、頭を水の上に出して輪《わ》になりました。その尻《しっ》尾《ぽ》は水の中で、ひとまわり大きな輪を描《えが》きました。そうやって会議《かいぎ》を開いて、だれがいちばんの知恵者《ちえしゃ》かを決めようというのです。やがて一匹《ぴき》が水から飛《と》び出し、女の人の手の中に飛びこんで、さあ何でもやりますよと言いたげに、その顔を見上げました。

「虹《にじ》が立ってるところを知ってる?」と、女の人はたずねました。

「ええ、知ってますとも、お母さま」と、魚は答えました。

「そこに若《わか》い男の人がいるから、ここまで連《つ》れてきてちょうだい。どこへ行けばいいかわからなくて、困《こま》ってるから。」

魚はたちまちドアの外へと飛《と》び出《だ》しました。女の人はタングルにむかって、もう寝《ね》る時間だと言い、家の横手にあったもう一つのドアを開けました。そこは緑に包《つつ》まれた涼《すず》しい小さなあずまやのようなところで、びっしりとしげった紫色《むらさきいろ》のヒースがベッドでした。女の人はその上に大きなかけぶとんを広げてくれましたが、それは賢《かしこ》い魚たちの羽毛《うもう》の生えた皮でできており、火明《ひあ》かりを受けてキラキラと華《はな》やかに輝《かがや》きました。タングルはじきに眠《ねむ》りに落ち、とても美しい不思議《ふしぎ》な夢《ゆめ》をたくさん見ました。夢はいろいろに変《か》わりましたが、そのどれにも必《かなら》ず美しいおばあさまが出てきました。

翌朝《よくあさ》タングルは、頭の上で葉っぱがさやさやいう音と、水がさらさら流れる音を聞いて、目をさましました。ところが、家の中にはいろうと思うと、驚《おどろ》いたことにドアはどこにも見つからず、苔《こけ》のような緑色をした壁《かべ》があるだけでした。そこでタングルは、あずまやから外へ抜《ぬ》け出《だ》し、森の中へ出てみました。そして、木々のあいだを楽しげに流れている小川で身体《からだ》を洗《あら》い、さっぱりした気分になりました。一度おばあさまの水槽《すいそう》にはいったおかげで、いつもきれいにしていないと気がすまなくなったからです。そのあとでまた緑色の服を着たタングルは、貴婦人《きふじん》になったような気がしました。

その日一日、タングルはずっと森の中にいて、鳥たちや獣《けもの》たちや地をはうものたちの話に耳を傾《かたむ》けてすごしました。みんなのしゃべっていることは完全《かんぜん》にわかりましたが、自分のほうからその言葉を話すことはできませんでした。生きものたちは、種類《しゅるい》ごとにちがった言葉を持っていましたが、ごく簡単《かんたん》な内容に限《かぎ》ってなら、森の生きものたち全部に通用する言葉もあるようでした。美しい女の人の姿《すがた》は見えませんでしたが、いつもすぐ近くにいてくれることは感じでわかりました。それにタングルは、家が見えないところまでは行かないように気をつけていました。家は丸い形をしていて、雪国の人たちが雪で作る小屋や、森の住人が木の枝《えだ》を組み合わせて作る小屋に似《に》ていました。それにはドアも窓《まど》も見あたりませんでした。実のところ、窓はほんとになかったのですが、ドアはたくさんありました。でもそれは全部内側《うちがわ》から開くドアで、外側からは見えなかったのでした。

日が暮《く》れかけてきたころ、タングルは一本の木の下に立って、モグラとリスの喧嘩《けんか》に耳を傾《かたむ》けていました。モグラはリスにむかって、おまえから尻尾《しっぽ》をとったら何も残《のこ》りゃしないと言い、リスはモグラのことを、このシャベル足め、とののしっていました。あたりはもうすっかり暗くなってきていましたが、そのときふと、顔の前で何かが光っているのに気がつきました。ふりかえってみると、家のドアが開いており、そこから赤い火明《ひあ》かりが流れ出して、まるで川のように闇《やみ》を縫《ぬ》って流れてきていました。タングルは、喧嘩《けんか》の始末《しまつ》はモグラとリスにまかせて、さっそく家へ飛《と》んで帰りました。中にはいると、火の上ではお鍋《なべ》がぐらぐら煮《に》えたっており、大きな美しい女の人はその反対側《はんたいがわ》にすわっていました。

「今日一日、あなたが遊んでるのを見ていたわ」と、女の人は言いました。「じきにごはんにするけど、それにはまず、晩《ばん》ごはんが帰ってくるのを待たなくちゃね。」

女の人はタングルを膝《ひざ》にのせ、歌をうたってくれましたが、それを聞いていると、いつまでもいつまでも聞き続《つづ》けていたいと思わずにはいられませんでした。しかしそのうち、輝《かがや》く魚がまっしぐらにやってきて、お鍋《なべ》の中に飛《と》びこみました。そのあとに続いて、すりきれて小さくなった服を着た若者《わかもの》が一人やってきました。その顔は健康《けんこう》そうに輝いており、手の中では何か小さな宝石《ほうせき》のようなものが、火明《ひあ》かりを受けてキラキラと光っていました。

女の人は口を開くなり、こう言いました。

「そこに持ってるのはなあに、モシー?」

モシーというのは、「苔《こけ》むした」という意味で、仲間《なかま》たちがこの男の子につけたあだ名でした。なぜなら、この子は苔《モス》におおわれた石をお気に入りの場所にしていて、一日じゅうそこにすわって本ばかり読んでいたからです。口の悪い仲間たちは、こいつ、身体《からだ》にまで苔が生えてきたぞ、と言っていました。

モシーは手をさしだしました。そこに金の鍵《かぎ》があるのを見ると、女の人はすわっていた椅子《いす》から立ち上がり、モシーの額《ひたい》にキスをしてそこにすわらせ、自分は召使《めしつか》いのようにその前に立ちました。モシーはそんなことには耐《た》えられず、すぐに立ち上がりました。しかし女の人は、美しい目に涙《なみだ》をためて、どうしても席《せき》について、自分にお給仕《きゅうじ》をさせてほしいと、頼《たの》むように言いました。

「だって、あなたはそんなに立派《りっぱ》で美しくて、すばらしい方《かた》なのに」と、モシーは言いました。

「ええ、たしかにそうよ。でも、私は一日じゅう働《はたら》いてもいるし、それが楽しみでもあるの。それにあなたは、すぐに私のもとを離《はな》れて、出ていかないといけないんですもの！」

「どうして、そんなことになるってわかるんですか？」と、モシーはたずねました。

「それはあなたが、金の鍵《かぎ》を持っているからよ。」

「でもぼく、これが何の鍵《かぎ》なのか、知らないんです。鍵穴《かぎあな》を探《さが》したんだけど、見つかりませんでした。これをどうしたらいいのか、教えていただけますか？」

「あなたは鍵穴《かぎあな》を探《さが》さなくちゃならないの。それがあなたの仕事なのよ。私には手伝《てつだ》うことはできないの。私にできるのは、探しさえすればきっと見つかる、って言ってあげることだけよ。」

「これでどんな箱が開けられるんでしょう？　中には何があるんですか？」

「私は知らないわ。夢《ゆめ》に見ることはあるけど、知らないのよ。」

「ぼく、すぐに行かないとだめですか？」

「今晩《こんばん》はここに泊《と》まっていいわ。そして、私の晩ごはんを食べてってちょうだい。でも、朝になったら出かけなくちゃいけないわ。私にできるのは、あなたの着る服をあげることだけね。それから、この子、タングルっていうんだけど、いっしょに連《つ》れてってあげてね。」

「それはすばらしいな。大歓迎《だいかんげい》ですよ。」

「だめ、だめよ！」と、タングルは言いました。「あたし、どこへも行きたくないわ。おばあさまのところにいさせてちょうだい。」

「あなたはこの人といっしょに行かなくちゃならないのよ、タングル。私だってあなたと別《わか》れたくはないけど、あなたにとってはそれがいちばんいいことなの。ほら、お魚たちだって、お鍋《なべ》の中にはいったり、闇《やみ》の中に出ていったりしなくちゃならなかったでしょ。そうそう、旅の途中《とちゅう》で海の老人《ろうじん》に会うことがあったら、私のところによこす魚がもっといないか、忘《わす》れずにたずねてみてちょうだいね。水槽《すいそう》の中がさびしくなってきてるから。」

そう言いながら、女の人はお鍋《なべ》から魚を取り出し、からになったお鍋に、もとどおり蓋《ふた》をしました。三人が魚を食べてしまうと、羽の生えた生きものがお鍋から飛《と》び出《だ》し、天《てん》井《じょう》の下をぐるぐるとまわってから、女の人の膝《ひざ》に止まりました。女の人はそれに話しかけてから、戸口まで連《つ》れていき、闇《やみ》の中へと飛び立たせました。三人はその羽《は》音《おと》が遠くへ消えてしまうまで、じっと耳をすませていました。

そのあと女の人は、モシーにも、タングルのとおなじような寝《ね》場《ば》所《しょ》を教えてくれました。

朝になって目をさましたモシーは、着るものがひとそろい、ちゃんと用意してあるのに気がつきました。それを着ると、モシーはとてもすてきに見えました。しかし、おばあさまの服を着た人は、自分がどう見えるかということは考えもしなくなり、かわりにほかの人たちを見ては、とてもすてきだと思うようになるのでした。

タングルは、出ていくのがいやでいやでたまりませんでした。

「どうしておばあさまとお別《わか》れしなくちゃいけないの？　あたし、この人なんか、全《ぜん》然《ぜん》知らないのに」と、タングルは言いました。

「私は、子どもたちを、いつまでも引き止めといてはいけないことになってるの。あなたは、気が進まないんだったらこの人と行かなくてもいいけど、でも、いつかは必《かなら》ず出ていかないといけないのよ。そして私は、おなじことならこの人と行ってもらいたいの。この人は金の鍵《かぎ》を持ってるからよ。金の鍵を持っている若者《わかもの》といっしょなら、女の子はちっとも心配しなくていいの。ねえ、モシー、この子のこと、よく気をつけてくれるわね？」

「ええ、大丈夫《だいじょうぶ》です」と、モシーは言いました。

タングルは横目でちらっとモシーを見て、いっしょに行ってもいいなと思いました。

「それから」と、女の人は言いました。「もしあなたたちが、旅の途中《とちゅう》で、あの——どうしてもその場所の名前が覚《おぼ》えられないんだけど——その、どこだかではぐれてしまったとしても、心配しないで、どんどん先へ進んでいくのよ。」

女の人はタングルの唇《くちびる》とモシーの額《ひたい》にキスをして、二人を戸口まで送り、手を振《ふ》って東の方角を示《しめ》しました。モシーとタングルは手を取りあって、森の奥《おく》をめざして歩きはじめました。モシーの右手には、金の鍵《かぎ》が握《にぎ》られていました。

二人はそうやって、先へ先へと歩き続《つづ》けましたが、どこへ行っても動物たちのおしゃべりが聞けるので、楽しみは尽《つ》きることがありませんでした。まもなく二人は、動物たちの言葉を少し覚《おぼ》え、どうしても知りたいことくらいは質問《しつもん》できるようになりました。リスたちはみんな親切で、たくわえてある木の実を気持ちよく分けてくれました。しかし蜜蜂《みつばち》たちは、自分勝手な上に礼儀知《れいぎし》らずで、「慈善《じぜん》を行うならまず家の内から」とことわざにも言うけれど、タングルもモシーもわれわれの女王の臣民《しんみん》じゃないんだから、と言《い》い抜《ぬ》けをするのでした。そのくせ、自分たちの仲間《なかま》の「なまけ蜂《ばち》」を救貧院《きゅうひんいん》で養《やしな》っているのかというと、そんなことはまったくなかったのです。モグラたちはそれとは大《おお》ちがいで、まぶしそうに目をぱちぱちさせながら、土の中でできる落花生《らっかせい》や松露《しょうろ》を取ってきてくれました。モグラたちは、口のききようももぐもぐしていて、まるで口の中に——そして目にも耳にも——綿《わた》か、あるいは自分自身のふわふわした毛が、いっぱい詰《つ》まっているかのようでした。森を出るころには、タングルとモシーはとてもなかよしになっており、タングルももう、おばあさまが自分をモシーといっしょに旅立たせたことを悲しまなくなっていました。

平らなところが終わって登りにかかるにつれて、木々はしだいに小さくなり、まばらになってきました。登り坂はどんどんけわしくなって、しまいに木々はすっかり姿《すがた》を消し、道は両側《りょうがわ》を岩にはさまれた狭《せま》い小道になりました。それを登っていくと、ふいにごつごつした門のようなものにぶつかり、二人はそこをくぐって、岩の中に掘《ほ》り抜《ぬ》かれた狭い通路へと進みました。あたりはどんどん暗くなり、ついにはまっ暗闇《くらやみ》となって、二人は手探《てさぐ》りで進んでいくしかありませんでした。そのうちやっとのことで、再《ふたた》び光が見えはじめ、ついに外に出たと思うと、そこは高くそびえる崖《がけ》に刻《きざ》まれた狭い小道の上でした。その小道は岩の表面をくねくねと伝《つた》い下《お》りて、広い盆地《ぼんち》に達《たっ》していましたが、その盆地は丸い形をしており、まわりじゅうを山に囲《かこ》まれていました。二人のまむかいにある山々は、おそろしい高さにまでそそり立ち、そのてっぺんには氷に覆《おお》われた青くて鋭《するど》い峰々《みねみね》が連《つら》なっていましたが、そこまではずいぶんの距離《きょり》がありました。二人のいる場所は、完全《かんぜん》な静寂《せいじゃく》に包《つつ》まれており、水が流れる音ひとつ、聞こえてはきませんでした。

二人は下の谷間を見下ろしましたが、そこが草のしげった盆地《ぼんち》なのか、静まりかえった大きな湖なのか、全然見当《ぜんぜんけんとう》がつきませんでした。二人とも、そんな場所を見るのは生まれてはじめてだったのです。そこまで下りていく狭《せま》い道は、歩きにくくて危険《きけん》でしたが、二人はなんとか無事《ぶじ》に下りきることができました。下に着いてみると、そこは全体が明るい色のすべすべした砂岩《さがん》でできており、ところどころに軽い起伏《きふく》があるだけで、だいたいは平らであることがわかりました。上から見て様子《ようす》がわからなかったのも当然《とうぜん》で、その地面のあちこちには、さまざまな影《かげ》が群《むら》がっていました。そこは影の海だったのです。大きなかたまりになっている部分は、ほとんどが無数《むすう》の木の葉の影の集まりで、そこにはありとあらゆる美しい形をした木の葉、空想《くうそう》から生まれたような木の葉があり、風の吹《ふ》くままにそよぎ、震《ふる》え、波打っていましたが、二人にはその風の気配《けはい》はまったく感じられず、音も聞こえてはきませんでした。まわりの山々には森はなく、どこを見ても木はただの一本もないというのに、ありとあらゆる木の葉の影、枝《えだ》の影、幹《みき》の影ばかりが、地面を覆《おお》いつくして、見渡《みわた》すかぎりどこまでも広がっているのです。やがて、木の葉の影のあいだに花の

影《かげ》がまじっているのがわかるようになりました。くちばしをいっぱいに開いてのどをふるわせている鳥の影も、ちらほらと目につくようになりました。見慣《みな》れない優美《ゆうび》な生きものの影が、幹《みき》や枝《えだ》の影を伝《つた》って駆《か》け上がったり駆け下りたりし、風にそよぐ葉むらの影にまぎれて消えてしまうこともありました。そうやって歩き続《つづ》けていくうちに、いつしか二人は、この美しい湖に膝《ひざ》までつかってしまいました。なぜなら、影は地面の上に広がっているだけでなく、まるで、地面の上に何百層《そう》もの見えない地面があって、そのそれぞれに影が広がっているかのように、無数《むすう》に積《つ》み重《かさ》なっていたからです。タングルとモシーは何度も顔を上げては空を見つめ、影がどこから落ちてくるのかを見きわめようとしました。しかし、頭の上にはまぶしい霧《きり》のようなものが広がっているばかりでした。ただ山々だけは、その霧を背景《はいけい》にくっきり見えていましたから、霧はそれよりも高いところにあるようでした。そのほかには、どこを見ても森一つ、木の葉一枚《まい》、鳥一羽《わ》見えませんでした。

しばらくして、二人はもっと開けた場所――つまり、影《かげ》がそんなに濃《こ》くないところに出ました。場所によっては、影が一つひらりと通りすぎると、しばらくは次のが来ないことさえありました。半分鳥、半分人間のようなすばらしい姿《すがた》をしたものが、翼《つばさ》を帆《ほ》のように大きく広げて、ゆうゆうと通りすぎていきました。かと思うと、跳《と》びはねて遊ぶ子どもたちの影《かげ》のあとから、世にも美しい女の人の影が来て、さらにそのあとから巨人《きょじん》のように大きな人の影がのっしのっしと現《あらわ》れ、みんなで一つの美しい群像《ぐんぞう》をなして次々に目の前を通りすぎ、まわりを囲《かこ》む葉むらの影の中に消えていったりもしました。なんともいえない美しさや威厳《いげん》をそなえた横顔が、ほんの一瞬《いっしゅん》ちらりと見えて、すぐまた消えてしまうこともありました。腕《うで》と腕とをからませた恋人《こいびと》たちや、父親と息子《むすこ》、なかよく競《きそ》いあっている兄弟、身をよせあって世にも優美《ゆうび》な群像を形作っている姉妹《しまい》たちらしい影もありました。野生の馬たちが、自分たちだけで、あるいは高貴《こうき》な男たちの影を乗せて、猛然《もうぜん》と駆《か》け抜《ぬ》けていくこともありました。しかし、二人がとりわけ心を魅《ひ》かれたいくつかの影は、どう表現《ひょうげん》すればいいのか見当もつかないようなものでした。

盆地《ぼんち》のまんなかあたりまで来たとき、二人は積《つ》み重《かさ》なった影《かげ》の中に腰《こし》をおろして休みました。しばらくして顔を上げた二人は、お互《たが》いの目に涙《なみだ》が浮《う》かんでいるのに気がつきました。二人とも、影《かげ》たちがやってくる、その源《みなもと》の国にあこがれていたのでした。

「ぼくたち、いったいどこからこの影《かげ》たちがやってくるのか、なんとしても、見つけなくちゃ」と、モシーが言いました。

「そうよ、モシー」と、タングルが答えました。「ひょっとして、あなたの金の鍵《かぎ》がそこへはいる鍵だったら？」

「ああ！　もしそうだったら、すばらしいんだけどなあ」と、モシーは答えました。「でも、とりあえずはこのへんで少し休んだほうがいいね。それからでも、夜になる前に盆地《ぼんち》を渡《わた》りきれるだろう。」

モシーはそう言って地面に横たわりましたが、すばらしい影《かげ》たちは、その身体《からだ》のまわりじゅうで、頭の上で、たえまなくたわむれ続《つづ》けていました。影は不透明《ふとうめい》ではなくて、手前のを透《す》かして次のを見ることができましたが、先へいくにつれてだんだん区別《くべつ》がつかなくなって、一つの黒いかたまりになってしまうのでした。タングルも横になり、このすばらしい影たちはいったいどこから来るのだろうと、あこがれのまなざしでながめ続けました。

しばらくして、二人はまた立ち上がり、旅を続《つづ》けました。

二人がこの盆地《ぼんち》を越《こ》えるのに、どれくらいの時間がかかったのかはわかりません。とにかく、夜になる前に、モシーの髪《かみ》には白いものが混《ま》じってきましたし、タングルの額《ひたい》には皺《しわ》が刻《きざ》まれてきました。

夕暮《ゆうぐ》れが近づくにつれて、影《かげ》はしだいに濃《こ》くなり、いっそう高く積《つ》み重《かさ》なるようになってきました。やがてそれは二人の頭を越《こ》すほどになり、二人のまわりはどっちを見てもまっ暗になってしまいました。二人は手をつなぎ、なんとなく不安な気持ちになって、黙《だま》って歩きつづけました。闇《やみ》はどんどん濃《こ》くなっていき、それといっしょに、何やら不思議《ふしぎ》に厳粛《げんしゅく》なものが迫《せま》ってくるような感じがして、もう影の美しさを見ても楽しむ気分にはなれませんでした。突然《とつぜん》タングルは、自分がモシーの手を握《にぎ》っていないことに気がつきました。思い出そうとしても、いつ放したのか、全然覚《ぜんぜんおぼ》えがないのです。

「モシー、モシー!」と、タングルは恐怖《きょうふ》の叫《さけ》びをあげました。

しかし、モシーの返事はありませんでした。

少しすると、影《かげ》の海は、足がつかるくらいまで浅《あさ》くなり、やがて足の下だけになって、山々がすぐ目の前に迫《せま》ってきました。タングルは、抜《ぬ》け出してきたばかりの暗い影の海をふりかえり、もう一度モシーの名を呼《よ》んでみました。影の海は嵐《あらし》をはらんで暗くうねり、しぶきをあげることはなしに波立ちつづけていましたが、タングルがいくら待っても、その海からモシーが顔を出して丘《おか》のほうへと登ってくる様子《ようす》はありませんでした。タングルはそのままそこへ身を投げ出し、絶望《ぜつぼう》の涙《なみだ》にくれました。

そのときふとタングルは、美しい女の人に言われたことを思い出しました。たしか女の人は、どこだか名前を覚《おぼ》えられない場所ではぐれても、心配しないでまっすぐに進んでいくように、と言っていました。

「それに」と、タングルは自分に言い聞かせました。「モシーは金の鍵《かぎ》を持ってるんだもの、悪いことなんか起こりっこないわ。」

タングルは起き上がり、先へ進んでいきました。

やがてタングルは断崖《だんがい》にぶつかりましたが、そこには階段《かいだん》が刻《きざ》まれていました。崖《がけ》の途《と》中《ちゅう》まで登ると、階段《かいだん》はそこで終わり、そこからは小道が一本、山をくり抜《ぬ》いてまっすぐに続《つづ》いていました。その穴《あな》にはいっていくのは怖《こわ》かったので、タングルは階段のほうへ向き直りましたが、断崖《だんがい》のあまりの高さに目がくらみ、やっとの思いで、口を開けている穴の中へと身を投げ出しました。

目を開いてみると、羽の生えた美しい小さな生きものが、待ち受けるように、じっとそばに立っていました。

「あたし、あなた知ってるわ」と、タングルは言いました。「あたしのお魚さんね。」

「うん。だけど、もう魚じゃないよ。いまじゃ、エアランスなんだ。」

「それ、何?」と、タングルはたずねました。

「ごらんのとおりのもんさ」と、それは答えました。「君、これから山の中を通り抜《ぬ》けるんだろ。ぼく、道案内《みちあんない》に来たんだ。」

「まあ、ありがとう、お魚さん――じゃなかった、エアランスさん。」タングルはそう言いながら、立ち上がりました。

するとエアランスはさっと舞《ま》い上《あ》がり、細くて長い穴《あな》の中を先に立って飛《と》びはじめましたが、そのあとについて歩きだしたタングルは、エアランスがまだ魚だったときに先に立って泳いでいた様子《ようす》とそっくりだと思わずにはいられませんでした。エアランスの白い羽が動くと、そこからは色とりどりの火花がほとばしり、行く手を明るく照《て》らしてくれました。――やがてエアランスはふっと消え、さやさやぱちぱちという羽音《はおと》も消えて、それとはまったくちがう、低《ひく》くて心地《ここち》よい音が響《ひび》いてきました。前方にはアーチ型《がた》の戸口が開け、そこからは海の波の奏《かな》でる調《しら》べが、光といっしょに流れこんできていたのです。

タングルはぱっと駆《か》け出《だ》し、疲《つか》れと幸せでぐったりした身体《からだ》を、海辺《うみべ》の黄色い砂《すな》の上に横たえました。そしてそのまま、疲れはててうつらうつらしながら、寄《よ》せては返す小さな波のささやきに耳を傾《かたむ》けていました。そのささやきは、陸《りく》にむかって、陸なんかやめて海におなりなさいよと、根気よく誘《さそ》いつづけているかのように聞こえました。そうしているうちにタングルは、海のむこう岸の遠い空に大きな虹《にじ》の片端《かたはし》が立っているのに気がつき、じっとそれを見つめました。そして、そのまままいつしかぐっすりと眠《ねむ》りこんでしまいました。

目をさますと、長い白髪《しらが》を肩《かた》までたらした老人《ろうじん》が、緑の芽《め》がいっぱいついた杖《つえ》によりかかって、タングルのほうへ身をかがめていました。

「ここへは何のご用かな、美しいお方《かた》？」と、老人《ろうじん》は言いました。

「あたし、美しいかしら？　うれしいわ！」タングルはそう言って、立ち上がりました。

「あたしのおばあさまは、そりゃあ美しいのよ。」

「ああ。して、ご用は？」と、老人《ろうじん》は親切そうにくり返しました。

「あなたにお会いすればいいんじゃないかしら。ひょっとして、海の老人《ろうじん》とおっしゃる方《かた》じゃありません？」

「そのとおり。」

「だったら、おばあさまからのことづてですけど、お魚の用意ができていたら、もっとよこしていただけませんでしょうか？」

「さて、様子《ようす》を見てみんとな。」老人《ろうじん》はますます親切そうな声音《こわね》になって、そう答えました。「あんたのためにもしてあげられることが、何かないかな？」

「それなら――影《かげ》たちがやってくる源《みなもと》の国へ上っていく道を教えてください」と、タングルは言いました。そこへ行けば、きっとまたモシーに会えるにちがいありません。

「ああ！　それはやってみるだけの値打《ねう》ちのある仕事じゃ」と、老人《ろうじん》は言いました。「しかし、教えるわけにはいかん。わし自身、知らんのじゃからな。しかし、あんたが大地の老人のところへ行けるようにしてやろう。あれなら教えられるじゃろう。わしよりずっと年を取っておるからな。」

老人《ろうじん》は杖《つえ》によりかかりながら、浜辺伝《はまべづた》いに先に立って歩き、ひっくり返ったまま石になった船のように見える険《けわ》しい岩のところまで、タングルを案内《あんない》しました。岩には、はるか昔に海の底《そこ》に沈《しず》んだ大船の舵《かじ》で作ったドアがついていました。ドアを開けるとすぐに階段《かいだん》があり、タングルは老人のあとに続《つづ》いてそれを下り、岩の中へとはいっていきました。老人はその階段の下に家を持っており、そこに住んでいたのでした。

家の中にはいったとたんに、タングルは、ついぞ聞いたことがないような不思議《ふしぎ》な音がしているのに気がつきました。まもなくわかったのですが、それは魚たちの話し声でした。

タングルはそのおしゃべりを聞き取ろうと務《つと》めましたが、魚たちの言葉はとても古めかしく、しゃべり方も乱暴《らんぼう》でとりとめがなかったので、何が何やらほとんどわかりませんでした。

「さて、娘《むすめ》のところへやれる魚がおるかどうか、見てみるとしようか」と、海の老人《ろうじん》が言いました。

老人《ろうじん》は壁《かべ》についていた引き戸を開き、そのかげにあった丸い穴《あな》から外をのぞき、それから、穴にはめこんである厚《あつ》いガラス板を、トントンとたたきました。タングルが老人の肩《かた》ごしにのぞいてみると、窓《まど》の外に見えるのは深い緑色の海の底《そこ》で、とても風変《ふうが》わりな生きものたちがそこらじゅうを泳ぎまわっており、それがみんな海の老人の合図《あいず》を聞いて、いっせいに窓のところへ押《お》し寄《よ》せてこようとしているのでした。その生きものたちは、どれも不思議《ふしぎ》きわまりない姿《すがた》をしており、醜《みにく》いとしか言いようのないものたちや、とてもこっけいな口つきをしたものもいました。ガラスに口を届《とど》かせることができたのは、ほんの数匹《ひき》でしたが、何マイル*も離《はな》れたところにいるものたちも、みんな頭をこっちへ向けていました。老人はしばらくのあいだ、群《む》れ全体を丹念《たんねん》に見まわしていましたが、やがてタングルのほうへ向きなおって言いました。

「すまんが、まだ一匹《ぴき》もおらんようじゃ。わしのところでは、あの娘《むすめ》のところより、もっと時間がかかるでな。じゃが、用意できしだい、届《とど》けてやろう。」

老人《ろうじん》はそう言うと、引き戸を閉《と》じました。

すると海の中では、大変《たいへん》な騒《さわ》ぎが持ち上がりました。しかし、老人《ろうじん》がまた引き戸を開いて、ガラスをトントンたたくと、魚たちはみんな眠《ねむ》ったように静かになってしまいました。

「あんたのことを話しておっただけじゃ」と、老人《ろうじん》は言いました。「まったく、くだらんことばかりしゃべりおる！――とにかく、明日《あす》になったら」と、老人は話を続《つづ》けました。

「大地の老人のところへ行く道を教えてしんぜよう。そこまではずいぶんの道のりがあるでな。」

＊訳注　一マイルは、約千六百メートル。

「お願《ねが》いです。すぐに行かせてください」と、タングルは言いました。

「いや、それは無理《むり》じゃ。その前にまず、こっちへ来てもらわんといかん。」

老人《ろうじん》は、それまで目についていなかった穴《あな》のところへ、タングルを招《まね》き寄《よ》せました。壁《かべ》に開いたその穴のふちは、緑の葉と白い花をつけた蔓草《つるくさ》に、びっしりと覆《おお》われていました。

「海の底《そこ》では、白い花の咲《さ》く植物以外《いがい》は育たんもんでな」と、老人《ろうじん》は言いました。「その中に風呂《ふろ》があるから、呼《よ》ぶまで横になっておりなされ。」

中へはいってみると、そこは小さな洞穴《ほらあな》のような部屋《へや》で、その奥《おく》の片隅《かたすみ》に、岩をくり抜《ぬ》いて作った大きな浴槽《よくそう》があり、澄《す》みきった海の水が半分くらいまではいっていました。岩《いわ》壁《かべ》のあちこちにある裂《さ》け目《め》からは、水がたえずちょろちょろと湧《わ》き出し、浴槽に流れこんでいました。浴槽の内側《うちがわ》はつるつるに磨《みが》かれ、底《そこ》には黄色い砂《すな》がじゅうたんのように敷《し》き詰《つ》めてありました。大きな緑色の葉と白い花とをつけたいろんな種類《しゅるい》の植物が、浴槽を囲《かこ》んでおいしげり、上からもカーテンのように垂《た》れ下がって、ほとんど全体を覆《おお》いつくしていました。

服を脱《ぬ》いでその中に横たわったとたんに、水が身体《からだ》の中へとしみこんでくるのがわかりました。タングルは、ふつうなら眠《ねむ》りの中でしか味わえない心地《ここち》よさを、眠って自分を忘《わす》れることなしに、心ゆくまで楽しみました。よいものがどんどん近づいてくるような感じです。モシーとはぐれて以来《いらい》、こんなに幸せで希《き》望《ぼう》に満《み》ちた気分になったのははじめてでした。それでも、こんな場所にたった一人で住んでいて、広い海いっぱいの愚《おろ》かでさわがしい魚たちの世話をやかなくてはならない気《き》の毒《どく》な老人《ろうじん》のことを思うと、どんなにさびしい毎日だろうと考えずにはいられませんでした。

一時間ほどたったと思われるころ、老人《ろうじん》が呼《よ》んでいる声がしたので、タングルは浴槽《よくそう》から出ました。長い旅の疲《つか》れも、身体《からだ》の痛《いた》みも、いつしかきれいに消えていました。まるで七日七夜《なのかななや》ぐっすりと眠《ねむ》り通しでもしたかのように、すばらしくさわやかな気分で、身体じゅうに力がみなぎっています。

もと来たほうへもどろうとして、穴《あな》の口まで行ったタングルは、荘厳《そうごん》で美しい顔をした威風堂々《いふうどうどう》たる男が自分を待ち受けているのを見て、びくっとしてあとずさりしました。

「さあ、おいで」と、その男は言いました。「用意が整ったようだね。」

タングルはうやうやしく頭を下げながら、はいっていきました。

「海の老人《ろうじん》はどこにいらっしゃるのでしょうか?」と、タングルはおそるおそるたずねました。

「ここには私しかおらぬ」と、男はにっこりして答えました。「私のことを海の老人《ろうじん》と呼《よ》ぶ者もおる。あるいはまた別《べつ》の名で呼ぶ者もおって、私が海辺《うみべ》をそぞろ歩いておるのに出会うと、ひどく恐《おそ》れおののく。それゆえ私は、そんな者たちの目に触《ふ》れぬように気をつけておる。そのように恐れる者たちは、決して本当の私を見ることがないのだ。そなたはいま私を見ておる。――が、いまはまずそなたに、大地の老人のところへおもむく道を教えてやらねばならぬな。」

男はタングルの先に立って、浴槽《よくそう》があった洞穴《ほらあな》へはいっていきましたが、そこには、浴槽があったのとは別《べつ》の片隅《かたすみ》に、もう一つ岩穴《いわあな》が開いていていました。

「その石段《いしだん》を下りてゆきさえすれば、大地の老人《ろうじん》のところへ行き着く」と、海の老人は言いました。

タングルはていねいにお礼を言って、老人《ろうじん》と別《わか》れました。石段《いしだん》はらせん状《じょう》に下へ下へと続《つづ》き、やがてタングルは、どこまで行っても終わりがないのではないかと心配になってきました。ぐるぐるとどこまでも続くその石段は、粗削《あらけず》りであちこちが壊《こわ》れ、岩壁《いわかべ》から湧《わ》き出《だ》した水が、タングルが歩くそばをいっしょに流れ下っていました。あたりはまっ暗でしたが、タングルは見るのに困《こま》りはしませんでした。海の老人の浴槽《よくそう》につかった人は、自分の目から光を出して見ることができるようになるからです。地をはうものたちに道を邪魔《じゃま》されることもありませんでした。深くて暗くて湿《しめ》っぽくはあっても、そこはまったく安全で、気持ちよく進んでいくことができたのです。

やっとのことで石段《いしだん》が終わりになったと思うと、そこはキラキラと光り輝《かがや》く洞窟《どうくつ》の中でした。洞窟のまんなかには石が一つあって、その上に、寄《よ》る年波のためにすっかり腰《こし》の曲がった老人《ろうじん》が、タングルのほうに背《せ》を向けてすわっていました。うしろからでも、老人の白い鬚《ひげ》が足もとの岩の上まで広がっているのが見えました。タングルが洞窟に足を踏《ふ》み入《い》れても、老人《ろうじん》は身じろぎひとつしなかったので、話しかけようと思ったタングルは、前にまわりました。ところが老人の顔をのぞいてみると、それは世にも美しい若者《わかもの》でした。若者は、足もとの床《ゆか》の上に置《お》いた、銀のようなものでできた鏡《かがみ》を、喜《よろこ》びに我《われ》を忘《わす》れてじっとのぞきこんでおり、うしろから見たときに白い鬚《ひげ》のように見えたのは、その鏡だったのでした。血《ち》の気《け》を失《うしな》うほどの歓喜《かんき》にとらえられた若者は、タングルがいることには気づきもせずに、うっとりと鏡の中を見つめつづけていました。タングルはその様子《ようす》をじっと見守っていましたが、やがて、やっとの思いで震《ふる》えながら口を開きました。しかし、その声は、音になりませんでした。それでも若者は顔を上げました。そして、タングルを見ても驚《おどろ》いた様子ひとつ見せずに、よく来たねと言いたげなほほえみを浮《う》かべました。

タングルは、「あなたは大地の老人《ろうじん》でいらっしゃいますか?」と、たずねたのでした。若者《わかもの》のそれに対する返事は、耳からは聞こえてきませんでしたが、それでもタングルにはちゃんとわかりました。

「そうだ。ぼくに何か用かい?」

「影《かげ》たちがやってくる源《みなもと》の国へ行く道を、教えてください。」

「ああ！　それはぼくにはわからない。ぼくはそこを夢《ゆめ》に見るだけなんだ。ぼくの鏡《かがみ》にはときどきそこにいる影《かげ》たちが映《うつ》るけれど、どうすればそこへ行けるかは、ぼくにもわからない。でも、火の老人《ろうじん》なら知っていると思うよ。ぼくよりずっと年取っているんだから。この世のだれよりも、いちばん年を取った男なんだ。」

「その方《かた》はどこにいらっしゃいますの？」

「そこへ行く道なら、教えてあげよう。ぼく自身は会ったことはないんだけどね。」

若者《わかもの》はそう言いながら立ち上がり、タングルを見つめたまま、しばらくじっとしていました。

「ぼくもあの国が見られたらなあ」と、若者《わかもの》は言いました。「しかしぼくには、しなければならない仕事がある。」

若者《わかもの》はタングルを洞窟《どうくつ》の端《はし》へ連《つ》れていき、壁《かべ》に耳を押《お》し当《あ》ててみるように言いました。

「何が聞こえる？」と、若者《わかもの》はたずねました。

「なんだか」と、タングルは答えました。「岩の中を大きな川が流れているみたい。」

「それが、この世でいちばん年取った男――火の老人《ろうじん》のところまで流れていく川なんだ。ぼくもあの男に会いにいけたらなあ。しかしぼくには、しなければならない仕事がある。あの男のところへ行く道は、ただ一つ、その川だけだ。」

そう言うと、大地の老人《ろうじん》はかがみこんで、洞窟《どうくつ》の床《ゆか》から大きな石を一つはずし、横へ立てかけました。そこにぽっかりと口を開けたのは、まっすぐに下へと続《つづ》く深い穴《あな》でした。

「ここから行くんだ」と、若者《わかもの》は言いました。

「でも、階段《かいだん》が見えませんけど。」

「飛《と》びこまなくちゃいけない。それ以外《いがい》に方法がないんだ。」

タングルはふりかえって、若者《わかもの》の顔をまじまじと見つめ、それから――まるまる一分くらいもそうしていた、と自分では思いましたが、ほんとはまる一年たっていたのです――まっさかさまに穴《あな》に飛《と》びこみました。

やがて意識《いしき》を取りもどしたタングルは、自分がものすごい速さで下へ下へと運ばれていることに気がつきました。頭は水の下になっていましたが、少しも困《こま》りはしませんでした。考えてみると、海の老人《ろうじん》の洞穴《ほらあな》で浴槽《よくそう》につかって以来《いらい》、ただの一度も息をした覚《おぼ》えがなかったからです。タングルはちょっと頭を上げてみましたが、とたんに猛烈《もうれつ》な熱《ねつ》が襲《おそ》ってきたので、すぐまた頭を沈《しず》めて、そのままぐんぐん運ばれていきました。

流れはしだいに浅《あさ》くなってきました。そしてとうとう、頭を水の中に沈《しず》めておくのはむずかしくなってきました。そのうち、水に運んでもらうのも無理《むり》になってきたので、タングルは立ち上がり、熱《あつ》く燃《も》える坂道を、一歩また一歩と下っていきました。水はすっかり干上《ひあ》がってしまいました。おそろしい熱さでした。骨《ほね》の髄《ずい》まで焦《こ》げるかと思うほどでしたが、それでもタングルは力を失《うしな》いませんでした。熱さはますますひどくなってきました。タングルは、「もうこれ以上《いじょう》がまんできないわ」と言わずにはおれませんでしたが、それでもがんばって進んでいきました。

ずいぶん長く歩いたすえに、まっ赤《か》に焼《や》けた岩をざっとくり抜《ぬ》いたようなアーチが見えてきて、道はそこで終わりになりました。タングルはやっとの思いでアーチをくぐり、苔《こけ》むした涼《すず》しい洞窟《どうくつ》の中へ倒《たお》れこみました。そこは床《ゆか》も壁《かべ》も全体が苔《こけ》に覆《おお》われ、緑色でやわらかくて、しっとりしていました。岩の裂《さ》け目《め》から水がちょろちょろと流れ出して、苔の窪《くぼ》みにたまっていました。タングルはその水たまりに顔をひたし、のどをうるおしました。そして、頭を上げると、あたりを見まわしました。それから立ち上がって、なおも見渡《みわた》しました。でも、洞窟の中にはだれもいませんでした。しかし、そうやってしゃんと立った瞬間《しゅんかん》に、タングルは、自分が大地とそのありとあらゆる働《はたら》きの秘密《ひみつ》のまっただ中にいるのだという、目のくらむような確信《かくしん》に満《み》たされました。これまでに見たもののすべて、本で読んだことのすべて、おばあさまが話してくれたり、歌ってくれたりしたことのすべて、獣《けもの》たちや鳥たち、魚たちの話のすべて、モシーとの旅のあいだに起こったことのすべて、年取った男や、さらにもっと年取った男の導《みちび》きで、大地の内側《うちがわ》にはいって出会ったことのすべて――それらが全部、手に取るように明らかになったのです。タングルにはいまや、すべてが理解《りかい》でき、何もかもがおなじ一つのことを意味しているのがわかりました。しかし、それを言葉で言い表すことはできませんでした。

次の瞬間《しゅんかん》、タングルは、洞窟《どうくつ》の隅《すみ》っこの苔《こけ》の上に、小さな裸《はだか》の子どもがすわっているのに気がつきました。子どもは、いろんな色と大きさのボールをたくさん持っていて、それを床《ゆか》の上に並《なら》べて、不思議《ふしぎ》な図形を作って遊んでいました。それを見たタングルは、たしかに知ってはいるのだけれども理解《りかい》することのできない何かが、そこにあるのを感じました。なぜなら、子どもがボールを並べ変《か》えて作っているさまざまな図形や、図形から図形への移《うつ》り変わり、そして、それにつれて生じるさまざまな色の取り合わせには、限《かぎ》りない意味があるはずだと知っているのに、それはどんな意味かと問われても答えようがなかったからです。* 子どもは飽《あ》きる様子《ようす》もなく、せっせと一人遊びを続《つづ》け、顔を上げようともしなければ、この地の底深《そこふか》く隠《かく》された部屋《へや》によそ者がはいりこんでいることに気づいた様子も見せませんでした。レースを編《あ》む人がたくさんの糸巻《いとま》きをよどみなくあやつるように、子どもはせっせとボールを動かし、並べ変えつづけました。見ていると、意味が火花のよ

＊ 原注　これらの幾何学的図形《きかがくてきずけい》については、ノヴァーリスから多くを学んだことを記しておきたい。

うにひらめき出て、伝《つた》わってくることもありましたが、次の瞬間《しゅんかん》にはすべてがおぼろになり、それどころか、闇《やみ》にとざされたようになってしまうのでした。タングルはずいぶん長いあいだ、じっとそれを見ていました。それは、それほどにも心を魅《み》する光景《こうけい》だったのでした。見れば見るほど、何とも表現《ひょうげん》しがたいおぼろな知識《ちしき》が、心の中に立《た》ち現《あらわ》れるような気がしてきます。タングルはそうやって七年のあいだ、その裸《はだか》の子どもが色とりどりのボールで遊ぶのを見つめつづけていましたが、自分では七時間くらいにしか感じませんでした。そのうち突然《とつぜん》、ボールが描《えが》いたある図形が、なぜかはわからないものの、影《かげ》の谷間のことを思い出させ、タングルはふっと口を開きました。

「火の老人《ろうじん》はどこにいらっしゃるのかしら？」

「ここだよ」と、子どもは答え、ボールを苔《こけ》の上に置《お》いて立ち上がりました。「何か用？」

その子どもの顔には、すべてを超《こ》えたおごそかな安らぎが宿《やど》っており、タングルは何も言えずにただじっと見つめるばかりでした。そこにはほほえみの影《かげ》さえありませんでしたが、それでいて、その大きな灰色《はいいろ》の目には、大地の芯《しん》ほどに深い愛《あい》がひそんでいました。そしてその安らぎとともに、月の光のように淡《あわ》い輝《かがや》きがその顔を包《つつ》んでいましたが、それは次の瞬間《しゅんかん》にも花開いて、世にも美しい笑顔《えがお》になることを予感させる輝きでした。もしもその笑顔を見ることができれば、見た人は思うさま涙《なみだ》を流し、そのまま命を終えるにちがいありません。しかし、それは決して花開くことはなく、月の光はそのまま静かに宿《やど》りつづけているのでした。それは、この子どもの心があまりにも深く、どんなほほえみもその表面までは浮《う》かび上がってこないからなのです。

「あなたが、この世でいちばん年取った人なのですか?」タングルは、荘厳《そうごん》な思いに打たれて口がきけないほどでしたが、やっとの思いで、そうたずねてみました。

「そうだよ。ぼくはうんとうんと年取ってるんだ。何か用なら、なんでもやってあげるよ。助けのほしい人には、何でもしてあげられるんだから。」

子どもがそう言いながらそばへ来て、タングルの顔を見上げたので、タングルはわっと泣《な》きだしてしまいました。

「影《かげ》たちがやってくる源《みなもと》の国へ行く道を、教えていただけますか?」タングルはすすり泣《な》きながら、そう言いました。

「いいよ。その道ならよく知ってる。ぼくもときどき行くことがあるんだ。でも、君はまだそんなに年取ってないから、ぼくの行く道は使えないね。君でも行ける道を教えてあげよう。」

「あの恐《おそ》ろしい熱《あつ》さの中へは、もう行かせないでください」と、タングルは頼《たの》みました。

「うん、わかった」と、子どもは答えました。

そして、ちょっと背伸《せの》びをすると、冷たい手でタングルの心臓《しんぞう》にさわりました。

「さあ」と、子どもは言いました。「これで大丈夫《だいじょうぶ》だよ。火の中へ行っても焼《や》けないから。おいでよ。」

子どもに導《みちび》かれるままに、さっきとはちがうアーチをくぐって洞窟《どうくつ》から出ると、そこは砂《すな》と岩ばかりの広大な砂漠《さばく》のようなところでした。空のかわりに頭の上に覆《おお》いかぶさっているのは、固《かた》まった雷雲《らいうん》のような岩天井《いわてんじょう》でした。どこもかしこもすさまじい熱《あつ》さで、岩の

あちこちからは、金の黄色い雫《しずく》や、銀の白い雫や、銅《どう》の赤い雫が、まぶしく輝《かがや》きながらぽたぽたと滴《したた》り落ちていました。しかし、その熱《ねつ》はタングルには、少しも迫《せま》ってきはしませんでした。

しばらく歩いてから、子どもは大きな石をひっくり返し、その下から卵《たまご》のようなものを取り出しました。そして、指《ゆび》で砂《すな》の上に長い曲がりくねった線を引くと、卵をその上にのせました。それから子どもは、タングルにはわからない言葉を唱《とな》えました。すると卵は割《わ》れ、中から小さな蛇《へび》が出てきて、砂に描《えが》かれた線の上に横たわると、見る見るうちに大きくなって、線いっぱいの長さにまで伸《の》びました。こうして十分な大きさになると、蛇は海の波のように身体《からだ》をくねらせながら、前に進みはじめました。

「その蛇《へび》についておいで」と、子どもは言いました。「ちゃんと道案内《みちあんない》してくれるから。」

タングルは蛇《へび》についていきました。しかし、ほんの少し歩くと、ふりかえって不思議《ふしぎ》な子どものほうを見ずにはいられなくなりました。子どもは燃《も》え輝《かがや》く砂漠《さばく》のまんなかに、たった一人でたたずんでおり、その裸《はだか》ん坊《ぼう》の白い身体《からだ》は、さっき足もとから噴《ふ》き出した赤い炎《ほのお》の泉《いずみ》に照《て》らされて、ほのかなバラ色に染《そ》まっていました。子どもはそのままじっとタングルを見送っていましたが、やがて二人のあいだはどんどん遠くなり、とうとう子どもの姿《すがた》はすっかり見えなくなってしまいました。蛇《へび》は右にも左にも曲がらずに、ただまっすぐに進んでいきました。

そのあいだにモシーのほうも影《かげ》の湖を抜《ぬ》け出し、ひとりぼっちの悲しい旅を続《つづ》けて、海《うみ》辺《べ》にたどり着きました。嵐《あらし》をはらんだ暗い晩《ばん》でした。お日さまはもう沈《しず》んでいました。風は海のほうから吹《ふ》いていました。海の老人《ろうじん》の家のある岩は、波に囲《かこ》まれていました。岩と浜辺《はまべ》とのあいだでは深い水がうねっており、威風堂々《いふうどうどう》たる姿《すがた》の男が、ただ一人、その浜辺をそぞろ歩いていました。

モシーは男に近づいて、言いました。

「海の老人《ろうじん》のところへはどう行けばいいか、教えていただけませんか?」

「私が海の老人《ろうじん》だ」と、男は答えました。

「でも、まだ中年の、力強い王者の姿《すがた》にお見受けしますが」と、モシーは言いました。

すると老人《ろうじん》は、ますます興味深《きょうみぶか》げにモシーを見て、言いました。

「そなたは、ここを通るたいがいの人間より、いい目をしておるようだな、お若《わか》いの。今夜は嵐《あらし》になる。私の家まで来て、用件《ようけん》を話してもらうとしようか。」

モシーは老人《ろうじん》のあとについていきました。老人が歩いていくと、波が急いでその前をよけるので、モシーも足をぬらすことなく砂《すな》の上を歩いていくことができました。

洞窟《どうくつ》に着くと、二人は腰《こし》をおろして、お互《たが》いの顔にじっと見入りました。

モシーはもう老人《ろうじん》になっていました。見た目は、海の老人よりもずっと年取って見えるほどでしたし、足も疲《つか》れはてていました。

老人《ろうじん》は、しばらくモシーの様子《ようす》をながめてから、手を取って奥《おく》の洞穴《ほらあな》へと導《みちび》きました。そして、手伝《てつだ》って服を脱《ぬ》がせ、浴槽《よくそう》につからせました。そのとき老人は、モシーが片方《かたほう》の手を握《にぎ》ったままでいるのに気がつきました。

「その手に何を持っておる?」と、老人《ろうじん》はたずねました。

モシーが手を開くと、そこには金の鍵《かぎ》がありました。

「ああ！」と、老人《ろうじん》は言いました。「だからそなたは、私を見て、すぐにわかったのだな。それならば、そなたがこれから行くべき道はわかっておる。」

「ぼくは影《かげ》たちがやってくる、その源《みなもと》の国へ行きたいんです」と、モシーは言いました。

「さだめしそうであろう。私とて行きたい。しかしいまのところ、はっきりしておることは一つだ。――それは何の鍵《かぎ》だと思う？」

「どこかに鍵穴《かぎあな》があるはずです。しかし、どうしてこれを捨《す》てずにおいたのか、自分でもわかりません。鍵穴はどこにも見つかりませんでした。ぼくはもうずいぶん長く生きてきたんだと思います。」モシーは悲しげにそう言いました。「もう年老《としお》いてないとは言えなくなってしまいました。足が痛《いた》むのはたしかですし。」

「そうかな？」老人《ろうじん》は単《たん》なるあいづちでそう言ったのではなく、本気で返事を求《もと》めているようでした。モシーは、浴槽《よくそう》の中に横たわったまま、返事をする前にちょっと自分の足を見ました。

「いや、痛《いた》まない」と、モシーは答えました。「ひょっとすると、年老《としお》いてもいないのかもしれません。」

「立ち上がって、水に映《うつ》して見てごらん。」

モシーが立ち上がって、水に映《うつ》った自分を見ると、頭にはもう白髪《しらが》はなく、顔には皺《しわ》ひとつありませんでした。

「そなたがいま味わったのは、死だ」と、老人《ろうじん》が言いました。「どうだ、美味《うま》いか?」

「美味《うま》いです」と、モシーは答えました。「生より、もっといいくらいです。」

「いや、そうではない」と、老人《ろうじん》は言いました。「生がより深まっただけなのだ。──これでそなたの足は、水に穴《あな》を開けんでもすむ。」

「どういうことですか?」

「いまに教えてやろう。」

二人はもとの部屋《へや》にもどり、腰《こし》をおろして長いあいだおしゃべりをしました。そのうちやっと海の老人《ろうじん》が立ち上がり、モシーに言いました。

「ついておいで。」

老人《ろうじん》はモシーの先に立って階段《かいだん》を上がり、さっきとはちがうドアを開きました。二人は荒《あ》れ狂《くる》う海面すれすれのところに、東をむいて立っていました。荒野《こうや》のように広がる海のかなたには、荒々《あらあら》しい黒雲がそびえ立ち、その闇《やみ》を背《せ》に、虹《にじ》の橋のたもとが明るく輝《かがや》いていました。

「たしかに、これこそぼくの行く道です。」モシーは虹《にじ》を見るなりそう言って、海の上へと足を踏《ふ》み出《だ》しました。モシーの足は、もはや水に穴《あな》を開けることはありませんでした。

モシーは風と戦《たたか》い、波の山坂を踏《ふ》み越《こ》えて、虹をめざして進んでいきました。

嵐《あらし》はおさまりました。美しい朝が訪《おとず》れ、それよりももっと美しい夜がそれに続《つづ》きました。大平原《だいへいげん》さながらの静かな海のかなたから、涼《すず》しい風が吹《ふ》いてきました。モシーはなおも東をさして歩きつづけました。けれども虹《にじ》は、嵐がおさまるのといっしょに消《き》え失《う》せてしまいました。

モシーは道しるべがないのを気にしながら、来る日も来る日も歩きつづけました。水の中には輝《かがや》く魚が一匹《ぴき》いて、モシーの足を導《みちび》いてくれていたのですが、それには気がついていなかったのです。やっと海を渡《わた》り終えると、そこには大きな岩壁《いわかべ》がそびえ立っており、小道が一本だけ刻《きざ》まれていました。しかしその小道は、絶壁《ぜっぺき》の途中《とちゅう》までしか連《つ》れていってくれず、小さな岩棚《いわだな》の上で終わりになってしまいました。モシーはそこに立って、考えこみました。——こんなところで終わるのだとしたら、この小道は何のためにあったのでしょう? たしかに、ちゃんとした道とは言えない、はっきりしないものではありましたが、道にはちがいなかったのです。——モシーは岩壁を調べてみました。それはガラスのようになめらかでした。しかし、途方《とほう》にくれて目をさまよわせているうちに、何かがちらっと光るのが目にとまりました。それはずらりと並《なら》んだ小粒《こつぶ》のサファイアでした。サファイアの列は、岩に開いた小さな穴《あな》をふち取っていました。

「鍵穴《かぎあな》だ!」と、モシーは叫《さけ》びました。

モシーは鍵《かぎ》をつっこんでみました。それはぴたりと合いました。そして、カチリとまわりました。巨大《きょだい》なしんちゅうの軸受《じくう》けの中で鉄の棒《ぼう》がまわるような、ゴロゴロガシャンという音が、奥《おく》で雷《かみなり》のように轟《とどろ》きました。モシーは鍵《かぎ》を引《ひ》き抜《ぬ》きました。すると、目の前の岩が倒《たお》れはじめました。モシーは岩棚《いわだな》の幅《はば》が許《ゆる》すかぎり、うしろへ下がりました。その足もとへ、大きな石の板が倒れてきました。その板が岩壁《いわかべ》からはがれ落ちても、目の前にはやはり岩の壁が立ちふさがっていました。しかし、モシーが石の板に足をかけると、次の板が倒れはじめ、前の板からは少しひっこんで、ちょうど石段《いしだん》になるように落ちてきました。そのあとも、石は同じように倒れつづけ、モシーはそうやってできた石段を上って、岩壁の奥へとはいっていきました。やがてたどり着いた大広間は、その入口にふさわしい場所でした。形は整わず、ごつごつしているのですが、床《ゆか》も、壁《かべ》も、柱も、丸天井《まるてんじょう》も、およそ光が描《えが》き出《だ》せるありとあらゆる色に輝《かがや》く、巨大《きょだい》な一つの岩からできていたのです。大広間のまんなかには、赤から紫《むらさき》までの色でできた、七本の円柱が立っていました。そして、そのうちの一本の台座《だいざ》の上に、一人の女の人が、膝《ひざ》につくほど深く頭を垂《た》れて、じっとすわっていました。その人は七年のあいだ、そうやって待ちつづけていたのでした。モシーが近づいていくと、女の人は顔を上げました。それはタングルでした。タングルの髪《かみ》は足

に届《とど》くほど長くなり、風のない日に広い砂浜《すなはま》に寄《よ》せるさざ波のように、細かく波打ってい
ました。その顔はおばあさまそっくりに美しく、火の老人《ろうじん》さながらに静かでおだやかでし
た。丈高《たけたか》いその姿《すがた》は、気高《けだか》さにあふれていました。それでもモシーには、すぐにタングル
だとわかったのです。
「君って、なんて美しいんだろう、タングル！」モシーは喜《よろこ》びと驚《おどろ》きをこめて、そう言
いました。
「そうかしら？」と、タングルは答えました。「ああ、あなたがなかなか来ないから、ず
いぶん待ったわ！　あら、あなた、海の老人《ろうじん》なのね。ちがうわ。大地の老人に似《に》てるみた
い。いや、そうじゃないわ。この世でいちばん年取った人に似てるのよ。あなた、その全
部に似てるんだわ。でもやっぱり、昔どおりのあたしのモシーね！　どうやってここへ来
たの？　はぐれたあと、どうしてたの？　鍵穴《かぎあな》は見つけた？　鍵はまだ持ってる？」
タングルがモシーにたずねたいことは百ほどもあり、モシーのほうも、聞きたいことを
さらに百以上《いじょう》かかえていました。二人はそれぞれの冒険《ぼうけん》のことを語りあい、この世のどん

な男女にも負けない幸せを味わいました。なぜなら二人は、以前《いぜん》よりもいっそう若《わか》く、善《よ》く、強く、賢《かしこ》くなっていたからです。

あたりが暗くなってきました。影《かげ》たちがやってくる源《みなもと》の国へたどり着きたいという二人の願《ねが》いは、ますます強くなりました。そこで二人は、洞窟《どうくつ》から出る道を探《さが》しにかかりました。モシーがはいってきた入口は閉《と》じてしまっており、海とのあいだは、半マイルの厚《あつ》さの岩壁《いわかべ》でへだてられていました。タングルが蛇《へび》の道案内《みちあんない》でくぐってきた床《ゆか》の穴《あな》も、見つけることができませんでした。二人はまっ暗になるまで熱心《ねっしん》に探しつづけましたが、何も見えなくなっては、あきらめるしかありませんでした。

けれどもやがて、洞窟《どうくつ》の中が、またほんのりと明るくなってきました。それはお月さまが出たからだったのですが、洞窟のまんなかの七本の円柱を通って射《さ》しこんできて、あたりをさまざまな色でいっぱいにしている光は、とても月の光とは思えませんでした。そして今度は、赤い円柱のそばに、さっきは気がついていなかった別《べつ》の円柱があるのがわかりました。それは、モシーが最初《さいしょ》に妖精《ようせい》の国に来て虹《にじ》を見たときに気がついた、あの新しい色だったのです。そしてモシーは、その柱の上に青い光の粒《つぶ》がちらばっているのに気がつきました。それは、鍵穴《かぎあな》を取《と》り巻《ま》くサファイアでした。

モシーは鍵《かぎ》を取り出しました。それを鍵穴《かぎあな》にさしこんでまわすと、風の神アイオロスの竪琴《たてごと》の調《しら》べのような、美しい音がしました。ちょうつがいがゆっくりと動いて、ドアが開くと、その中にはらせん階段《かいだん》がありました。鍵はモシーの指のあいだで消えてしまいました。タングルが階段に足をかけました。モシーもあとに続《つづ》きました。ドアは二人のうしろで閉《と》じました。二人はやがて地面の上に出て、なおも昇《のぼ》りつづけ、そのまま大地をあとにしました。二人は虹《にじ》の中にいたのです。海と陸《りく》とのはるか上に広がる空から、透明《とうめい》な壁《かべ》を通して、二人は足もとの大地を見下ろすことができました。階段は何本も並《なら》んでらせんを描《えが》いており、子どもから年寄《としよ》りまで、ありとあらゆる世代の、美しい姿《すがた》をした者たちが、二人といっしょに昇っていきました。

そうやって昇《のぼ》っていけば、やがては影《かげ》たちのやってくる源《みなもと》の国に着くのだということが、二人にはわかっていました。

そして、いまごろはもう、とっくにそこに着いていることでしょう。

作品によせて

W・H・オーデン(1)

人間は、ふつう、だれでも、性質《せいしつ》の異《こと》なる二つの世界に関心《かんしん》を持っています。その一つは、日常《にちじょう》の世界、自分の五官《ごかん》によって知ることのできる世界です。二つめは、自分の想像《そうぞう》によって創《つく》り出《だ》すことができるだけでなく、創るのをやめようと思っても、やめることのできない世界です。しかもそれは、一つとはかぎらず、いくつもあったりします。

自分の五官《ごかん》を通して受け取る世界がすべてで、それ以外《いがい》の世界を想像《そうぞう》することのできない人は、人間と呼《よ》ぶに値《あたい》しませんし、自分が想像した世界を、五官で受け取る事実から成《な》り立《た》つ世界と同一視《どういつし》してしまう人は、正気を失《うしな》います。

第一の世界のことを書いた物語は、架空《かくう》の歴史書《れきししょ》のようなものであり、第二の世界のことを書いた物語は、神話やおとぎ話です。第一の世界についての物語は、たとえ作りもの——つまり、出てくる人物たちや出来事が、書き手によって「創作《そうさく》された」もの——であっても、読み手には、歴史上《れきしじょう》の出来事が書かれているのとおなじように受け取られなくてはなりません。つまり、読み手が自分にむかって、「そうそう、これに似《に》た人たちには会ったことがあるぞ。たしかに、こういう人たちは、こんなふうにしゃべったり、ふるまったりするよな」と、言えるようでなくてはならないのです。

第二の世界、つまり、神話やおとぎ話の世界は、第一の世界とずいぶん異《こと》なっていることもありますが、それでもなお、第一の世界の現実性《げんじつせい》を前提《ぜんてい》としています。「もし人間が、人間と蛙《かえる》との区別《くべつ》をつけることができなかったら、蛙の王さまの物語などは、生まれてくることはなかっただろう」と、トールキン教授《きょうじゅ》が述《の》べているようにです。第二の世界は、現実離《げんじつばな》れしたものたち(妖精《ようせい》、巨人《きょじん》、小人、竜《りゅう》、魔《ま》法使《ほうつか》い、もの言う動物たちなど)でいっぱいで、現実離れしたもの(ガラスの山、魔法にかけられた城《しろ》など)が出てきて、生きた人間が石に変《か》えられる、死んだ人間が生き返るなどの、現実離れしたことが起こります。しかし、そんな世界が説得力《せっとくりょく》を持《も》ち続《つづ》けるためには、第一の世界の場合と同様に、単《たん》なる偶《ぐう》然《ぜん》によってではなく、法則《ほうそく》に従《したが》って動いている世界であると受け取れることが必要《ひつよう》です。その世界の創《つく》り手《て》は、ゲームを考案《こうあん》する人と同様に、決まりごとを自由に決めることができますが、いったん決めたら、物語はそれに従《したが》わなくてはなりません。

おとぎ話や神話の大部分は、有史以前《ゆうしいぜん》の遠い昔から、いまのこの時代まで、受《う》け渡《わた》されてきました。作者不明《ふめい》のそれらの物語は、特定《とくてい》の作者が意識的《いしきてき》に作り出したものとは言えません。しかし、ちゃんと記憶《きおく》され、記録されている歴史《れきし》のなかにも、おとぎ話や神話を生み出す力を持った作家が現《あらわ》れることがあり、私たちはその何人かの名前を挙《あ》げることができます。たとえば二十世紀《せいき》においては、カフカ(3)がその例《れい》ですし、その前の世紀には、この物語の作者であるジョージ・マクドナルドがいます。新たな神話を創造《そうぞう》するというこの才能《さいのう》は、言葉では説明《せつめい》しがたいものであり、このジャンルの作品が私たちに与《あた》えてくれる満足《まんぞく》も、これまた、言葉では表現《ひょうげん》しがたいものです。C・S・ルイス(4)は、そのことについて、こんなふうに述《の》べています。

> これを文学的《ぶんがくてき》天才の技《わざ》と呼《よ》ぶのは、ぴったりしないように思われる。なぜなら、この才能《さいのう》は、言葉を操《あやつ》る技においてのたいへんなお粗末《そまつ》さとも、両立しうるからである。いや、その才能と言葉とのつながりそのものが、単《たん》に、表面的《ひょうめんてき》なもの、あるいは、あ

る意味において、偶然《ぐうぜん》なものにすぎないということがわかってくる。それはまた、ほかのどんな技《わざ》にもあてはまらない……それは私《わたし》たちに、最《もっと》も偉大《いだい》な詩人たちの作品に負けないほどの大きな喜《よろこ》びを(出会ったその瞬間《しゅんかん》から)与《あた》え、最も偉大な詩人たちの作品が与えてくれるのとおなじくらい豊《ゆた》かな知恵《ちえ》と力を(さらに長くつきあううちに)与えてくれる……それは、私たちがすでに感じていることを表現《ひょうげん》してくれるだけではない。それは、私たちが感じたこともなければ、いつかは感じるだろうと予期《よき》したことさえなかった感覚《かんかく》を呼《よ》び覚《さ》まし……私たちの思考よりも深いところ、それどころか、感情《かんじょう》さえもしのぐほどに深いところを撃《う》ち……その衝撃《しょうげき》のすべてによって、私たちを、人生のいかなるときにおいてもついぞ経験《けいけん》したことがなかったほど徹底的《てっていてき》に、覚醒《かくせい》させる。(5)

歴史《れきし》は、実際《じっさい》の歴史であろうと、創作《そうさく》された歴史であろうと、読み手に対して、語られていることが起こっているその時間に生きて、語られている感情《かんじょう》や出来事をともに体験すると同時に、外側《そとがわ》にもいて、それらのことを自分自身の経験《けいけん》と照《て》らし合《あ》わせてチェックすることを要求《ようきゅう》します。一方、『金《きん》の鍵《かぎ》』のようなおとぎ話は、すべてをゆだねるようにと、読み手に要求します。その世界のなかにいるかぎり、それ以外《いがい》に、なすすべはないのです。

このところ、現代《げんだい》心理学の影響《えいきょう》で、批評家《ひひょうか》たちは、「象徴狩《しょうちょうが》り」の習慣《しゅうかん》を身につけてしまいました。私《わたし》に言わせれば、第一の世界において歴史《れきし》まがいのものを取《と》り扱《あつか》う場合には、こうした狩《か》りは、たいした収穫《しゅうかく》は見こめなくても、害《がい》は少ないし、ときには発見がもたらされることもありえます。

しかし、おとぎ話において象徴狩《しょうちょうが》りをするのは、致命的《ちめいてき》としか言いようがありません。たとえば『金《きん》の鍵《かぎ》』において、おばあさまや、空飛《そらと》ぶ魚や、海の老人《ろうじん》を「翻訳《ほんやく》」しようと試《こころ》みても、なんの役にも立ちません。それらは、それらそのものを意味しています。妖精《ようせい》物語《ものがたり》を読むすべ、そのたった一つの方法《ほうほう》は、旅の途中《とちゅう》でタングルが命じられたこと、そのままです。

そう言うと、大地の老人《ろうじん》はかがみこんで、洞窟《どうくつ》の床《ゆか》から大きな石を一つはずし、横へ立てかけました。そこにぽっかりと口を開けたのは、まっすぐに下へと続《つづ》く深い穴《あな》でした。

「ここから行くんだ」と、若者《わかもの》は言いました。

「でも、階段《かいだん》が見えませんけど。」

「飛《と》びこまなくちゃいけない。それ以外《いがい》に方法がないんだ。」

私《わたし》にとって、ジョージ・マクドナルドにおいて、何よりも途方《とほう》もなくて、何よりも貴重《きちょう》なのは、どんな物語を語るときにも、善《ぜん》なるものの雰囲気《ふんいき》を創《つく》り出すことのできた才能《さいのう》です。そこには、偽善《ぎぜん》の匂《にお》いも、お説教《せっきょう》がましさも、まったく見当たりません。これは文学の世界では、世にも珍《めずら》しいことです。シモーヌ・ヴェイユ(6)はこう述《の》べています。

想像上《そうぞうじょう》の悪は、ロマンティックで、多彩《たさい》だ。現実《げんじつ》の悪は、陰気《いんき》で、単調《たんちょう》で、空虚《くうきょ》で、退屈《たいくつ》だ。想像上の善《ぜん》は、退屈だ。現実の善は、つねに新しく、驚《おどろ》きに満《み》ち、うっとりさせてくれる。だから、《想像力の文学》というものは、退屈か、不道徳《ふどうとく》か、またはその両方を兼《か》ね備《そな》えているかだ。(7)

ジョージ・マクドナルドの物語は、そうとばかりは言えないことを、私たちに示《しめ》してくれます。だからこそ、彼《かれ》よりもはるかに偉大《いだい》な作家が大勢《おおぜい》いるにもかかわらず、文学における その重要性《じゅうようせい》は、永遠《えいえん》のものとして保証《ほしょう》されているのです。

一九六六年十二月

（1）W・H・オーデン――一九〇七―七三。イギリスの詩人。のちにアメリカへ移住《いじゅう》し、晩年《ばんねん》はイギリスにもどるが、ウィーン滞在《たいざい》中に死去。二十世紀《せいき》最大《さいだい》の詩人の一人と言われている。

（2）J・R・R・トールキン――一八九二―一九七三。イギリスの言語学者、古文学研究者。『ホビットの冒険《ぼうけん》』『指輪物語《ゆびわものがたり》』の作者でもある。生まれは父の任地《にんち》の南アフリカ。

（3）フランツ・カフカ――一八八三―一九二四。当時はオーストリア帝国領だった、現在のチェコのプラハで生まれ育ったユダヤ人作家。ドイツ語で、『変身《へんしん》』『審判《しんぱん》』『城《しろ》』などの作品を書いた。

（4）C・S・ルイス——一八九八—一九六三。イギリスの古典文学者《こてんぶんがくしゃ》、神学者。「ナルニア国ものがたり」の作者。

（5）出典——"GEORGE MACDONALD: An Anthology", edited by C. S. Lewis, Geoffrey Bles, London, 1946.

（6）シモーヌ・ヴェイユ——一九〇九—四三。フランスのユダヤ系哲学者《けいてつがくしゃ》、社会活動家。ナチス占領下《せんりょうか》のパリから逃《のが》れ、ロンドンでほぼ無名《むめい》のまま亡《な》くなったが、戦後《せんご》、『根をもつこと』『重力と恩寵《おんちょう》』などの膨大《ぼうだい》な遺稿《いこう》が出版《しゅっぱん》され、高く評価《ひょうか》されるようになった。

（7）出典——Simone Weil, "La Pesanteur et la Grâce", Librairie Plon, Paris, 1947.

金の鍵
ジョージ・マクドナルド作　モーリス・センダック絵

2020年11月10日　第1刷発行
2022年6月6日　第2刷発行

訳者　脇《わき》 明《あき》子《こ》

発行者　坂本政謙

発行所　株式会社 岩波書店
〒101-8002 東京都千代田区一ツ橋2-5-5
電話案内 03-5210-4000
https://www.iwanami.co.jp/

印刷・精興社　製本・牧製本

ISBN 978-4-00-116027-7　Printed in Japan